紫房の十手

鎌倉河岸捕物控〈十七の巻〉

佐伯泰英

時代小説文庫

角川春樹事務所

目次

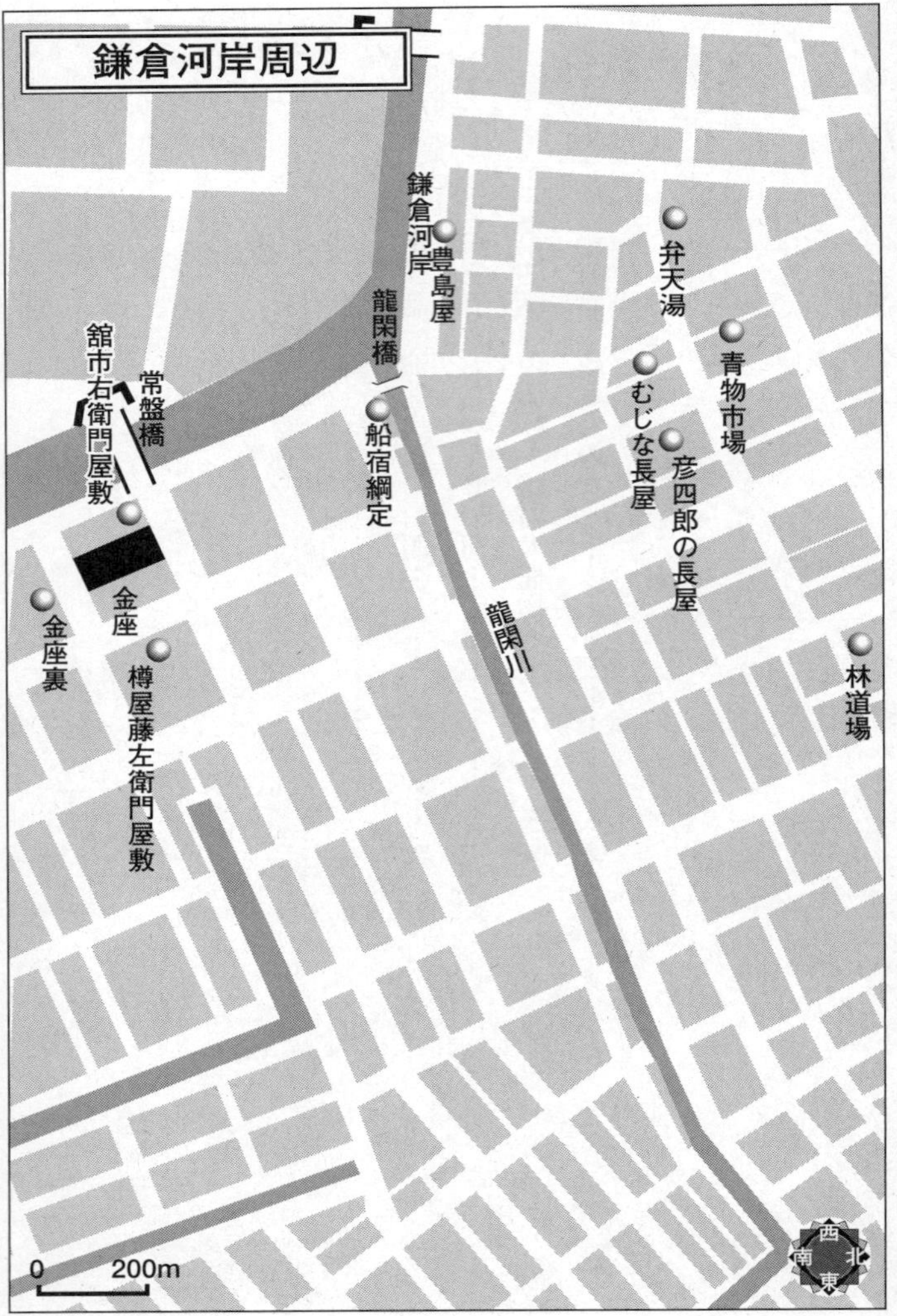
鎌倉河岸周辺
鎌倉河岸
豊島屋
龍閑橋
船宿綱定
弁天湯
青物市場
むじな長屋
彦四郎の長屋
館市右衛門屋敷
常盤橋
金座
金座裏
樽屋藤左衛門屋敷
龍閑川
林道場
0
200m
西
南
北
東

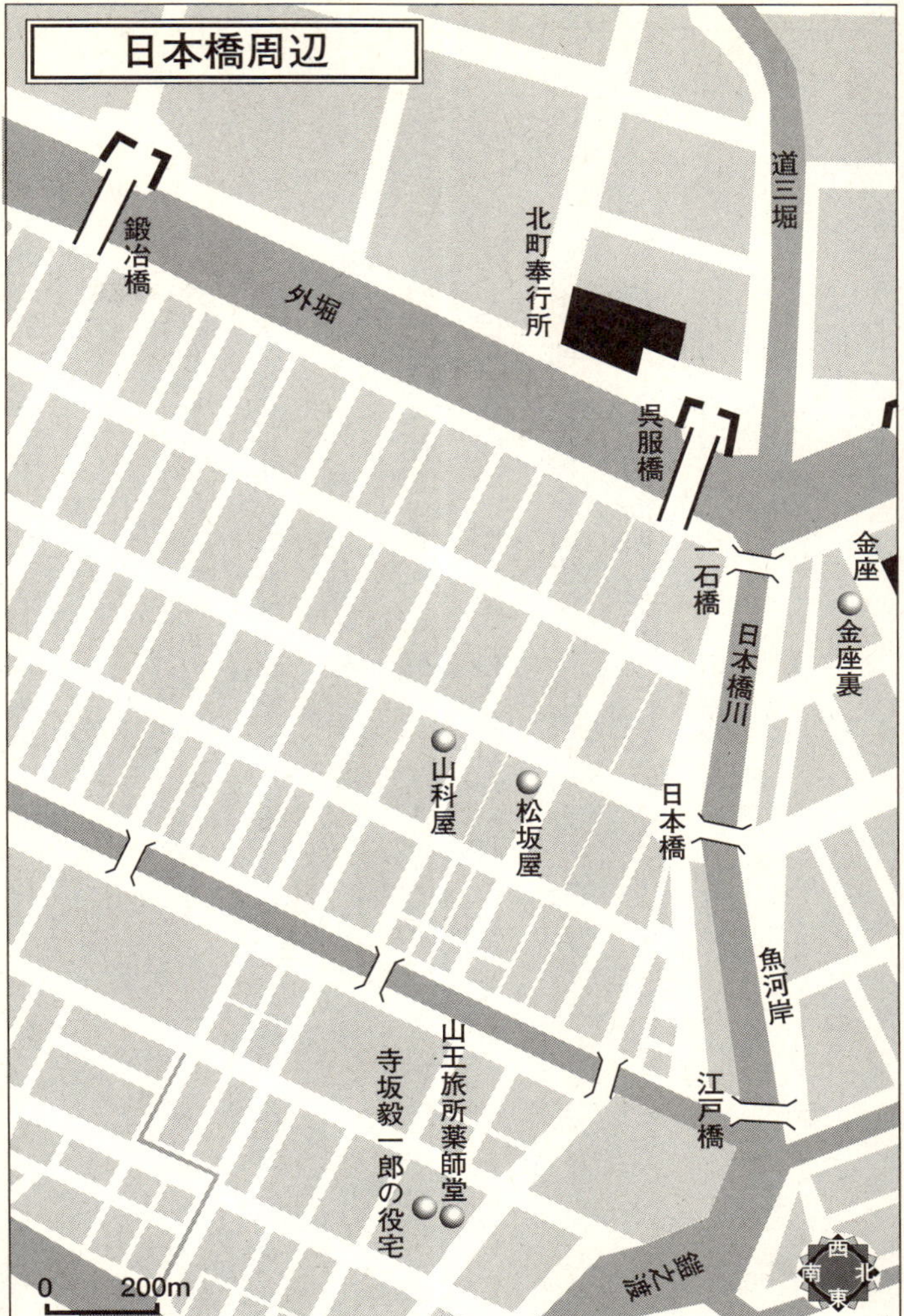
日本橋周辺
道三堀
鍛冶橋
外堀
北町奉行所
呉服橋
一石橋
金座
金座裏
日本橋川
山科屋
松坂屋
日本橋
魚河岸
山王旅所薬師堂
寺坂毅一郎の役宅
江戸橋
鎧之渡
0
200m
西
北
東
南

●主な登場人物

政次……日本橋の呉服屋『松坂屋』のもと手代。金座裏の十代目となる。

亮吉……金座裏の宗五郎親分の手先。

彦四郎……船宿『綱定』の船頭。

しほ……酒問屋『豊島屋』の奉公から、政次に嫁いだ娘。

宗五郎……江戸で最古参の十手持ち、金座裏の九代目。

清蔵……大手酒問屋『豊島屋』の隠居。

松六……呉服屋『松坂屋』の隠居。政次としほの仲人。

紫房の十手

鎌倉河岸捕物控〈十七の巻〉

第一話　湯治行き

一

菊小僧《きくこぞう》が主《あるじ》のいない長火鉢の前の座布団に長々と寝そべっていた。

鉄瓶がしゅんしゅんと音を立てて居間に湯気を立ち昇らせていた。

表の掃除を終えた亮吉《りょうきち》が、そおっと菊小僧に忍び寄り、髭《ひげ》を抓《つま》もうとした。

菊小僧の前脚がひょいと伸びて、亮吉の手に爪《つめ》を軽く立てた。

「あ、痛い。こいつ、人を小馬鹿にしやがって。血が出てきたよ、しほちゃん」

と叫んで常丸《つねまる》に、

「しほさんは箱根に湯治だよ」

と注意された。

「そうか、箱根に湯治か。いいな、広吉《こうきち》の奴」

亮吉が遠くを眺める目付きでぼやいた。

「いつまで未練たらたら繰りごとばかりいってんだ、亮吉」

と金座裏《きんざうら》の番頭格の八百亀《やおかめ》が姿を見せて怒鳴った。

「八百亀の兄いか、今朝は馬鹿に早いな」

「親分がいなさらないんだ。留守の間になにが起こってもならねえや。四半刻《しはんとき》（三十分）ばかり早く家を出てきた、だんご屋も稲荷《いなり》もそろそろ姿を見せよう」

と八百亀が通いの手先《てさき》がいつもより早く出てくることを亮吉に告げた。

「龍閑川《りゆうかん》の土手に今朝は霜が降りていたぜ、箱根はもっと寒かろうな」

「八百亀の兄い、親分ご一行、箱根に着いたかね」

「年寄り夫婦二組のお守りをしながらの道中だ。今日あたり小田原城下に着きなさるころかね」

「小田原か、大久保様のご城下は相模灘《さがみなだ》の傍《そば》だろう、うまい魚なんぞが食えるだろうな」

「馬鹿野郎、いつまで旅に出た人のことを羨《うらや》ましがってんだ。そんなことばかり考えていると御用でしくじるぞ」

「兄い、世は事もなしだよ。親分が江戸を離れた途端、静かなもんだぜ」

「こんなときが一番臭いんだ。どこかで悪党が悪さを考えている証《あかし》だ」

「そうかね、悪人めら、金座裏の親分がいない江戸で悪さをしたって張り合いがねえと考えてるんじゃねえかね」

そこへ表から若親分の政次《せいじ》とだんご屋の三喜松《みきまつ》が連れ立って居間に入ってきた。だんご屋の三喜松も所帯を持って通いの手先だ。

「若親分、お帰りなさい」

亮吉が赤坂田町《たまち》の直心影《じきしんかげ》流の神谷《かみや》丈右衛門《じょうえもん》道場の朝稽古《あさげいこ》から戻った政次を迎えた。

「ただ今帰りました」

政次の顔に汗が光っていた。道場から走ってきた証拠だ。

「三喜松の兄いも道場で剣術《やっとう》の稽古か」

「御堀端で若親分に追いつかれたんだよ。亮吉、相変わらずぼやきっ放しか」

「表まで聞こえたか、亮吉の未練たらたらがよ」

と八百亀が笑いながら鉄瓶の湯を急須《きゅうす》に移し、器用に茶を淹《い》れて政次に供した。

「八百亀の兄さん、すまないね」

未《いま》だ松坂屋《まつざかや》の手代《てだい》時代の丁寧な言葉遣いで政次が年上の手先に礼を述べた。

「八百亀の兄い、おれにも一杯頼まあ」

「馬鹿野郎、おめえに出す茶はねえよ」

と言いながらも八百亀が上手に茶を淹れて三喜松と亮吉に出した。

「兄いに茶を淹れてもらうなんて何年ぶりかね。いつもはおかみさんやしほさんだからな」

三喜松が笑い、政次が茶を喫して、

「お茶が甘く感じます」

とこちらも満足げだ。

「若親分、茶が甘く感じるなんてよ、年寄りの言うこったぜ。急に年を食ったんじゃねえか」

「そうじゃない、亮吉。体の中の水分を朝稽古で絞り切ったせいでお茶が甘く感じられるんだよ」

「剣術にそんな効用があるとは知らなかったぜ。神谷道場は変わりなしかえ」

「神谷先生に稽古をつけてもらい、へとへとになったくらいでいつもの道場だったよ」

「独りで走り戻ってきたところを見ると永塚小夜《ながつかさよ》様は朝稽古に来なかったな」

「そういえばこの数日お顔を見ていないね」

と政次が答えると八百亀が、

「若親分、小夜様が三島町の林《はやし》道場の主になられるようだぜ」

と言い出した。

小夜が教える林道場は、元々林幾太郎《いくたろう》という剣術家が近くの青物問屋の若衆などを相手に剣術を教えて細々と一家三人が暮らしていた道場だ。だが、道場主の林が亡くなり、残された内儀と娘が途方に暮れていたのを青物問屋青正《あおしょう》の隠居の義平《ぎへい》が小夜を道場主の代役に推挙して、双方の利害に一致した。そこで門弟衆からの稽古代を林母娘と小夜で折半する約束でなんとか経営を続けてきたのだ。

だが、町の小道場だ。

いくら小夜目当てに門弟衆が増えたとはいえ、二家族の口を養うほどの稼ぎはない。小夜も小太郎《こたろう》を抱えて質素な暮らしに甘んじていた。

「八百亀の兄い、だって小夜様が道場主は前からのこったぜ」

「亮吉、小夜様は林の御家から道場を借り受けて稽古代の半分を家賃として支払っておいでだ、いわば雇われ道場主だ。林家、永塚家四人を養うにはぎりぎりの実入りだ」

「女の腕一本でのこった、だろうな」

「そこで青正の隠居が林の後家に話を付けなすった。一旦《いったん》青正が道場を買い取り、林家の親子はその金子《きんす》を持って三河《みかわ》の在所に戻るんだと。これで永塚小夜様が名実ともに道場の主、円《えん》流永塚道場の誕生だ」

「だけどよ、青正が買い取ったんだ。今度は小夜様が青正に家賃を支払うことになろうじゃないか。となれば今までと変わりねえや」

亮吉が小夜の状況は変わらないことを指摘した。

「亮吉、青正のご隠居のことだ。永塚小夜様のために林道場を買い取ることが双方にとって一番よいことだと考えなさった結果だろう。たしかに道場は青正の持ち物かもしれないが、ゆくゆくは小夜様にお譲りになることを前提のことだよ。家賃なんてかたちばかりだろうね」

「若親分のいうとおりだ。青正にとってちっぽけな道場の買取り金なんて目糞《めくそ》くらいのものだ。永塚小夜様が晴れて道場主といってよかろうじゃないか。なにより青正の離れ屋を出て、道場に移り住めば離れ屋の家賃はいらなくなる。林母娘が住んでいた道場裏に小太郎様と一緒に移る、道場と住まいが一緒なんだ、小太郎様のためにも小夜様にとっても都合がいい話だろうぜ」

「待ってくんな、八百亀の兄い」

「なんだ、独楽鼠《こまねずみ》」

「林道場に接した住まいはそう広くないぜ。親子二人ならなんとか住めそうだが、ほれ、小夜様に惚《ほ》れた侍が現れたろ。三人で住むにはどうかね」

「呆《あき》れたぜ、そんなことまで他人のおまえが心配するこっちゃねえや。おめえは御用のことに専念しろ」

と八百亀に叱《しか》られた。

その時、台所から女衆が、

「朝餉《あさげ》の仕度が出来ましたよ」

と声がかかり、

「はーい」

と真っ先に返事をした亮吉が台所に飛んでいった。

八百亀も三喜松も立ち上がったところを見ると朝餉はまだのようだった。金座裏にとって一人二人膳《ぜん》が増えるのはいつものことだ。おみつもしほもいないが、長年奉公の女衆が心得ていた。

「独楽鼠につける薬はねえや。若親分、気の毒だね、あいつの面倒を一生見なきゃあならないぜ」

「同じ長屋で生まれ育った仲です、致し方ございますまい」

と政次が苦笑いをしたとき、八百亀が、

「若親分、嫌な話を小耳に挟んだ」

と上げかけた腰を下ろした。その場に残っていたのはこの二人に三喜松だけだ。

「なんですね」

「常盤町《ときわちょう》の親分がさ、近頃若親分の評判がいいってんで一度がつんと言わせてやるとさ、鵜《う》の目鷹《たか》の目で狙《ねら》っているんだと」

「宣太郎《せんたろう》親分は私なんぞの何倍も年季を積んだ親分さんですよ。若造の私を目の敵《かたき》にすることはありますまい」

「いや、おれも聞いた。常盤町の親分はよ、ねたみ深いからね、なんか企《たくら》んでいるぜ。それも親分の留守の間だ、こいつは頭においていたほうがいい」

「いや、二人の懸念はちゃんと聞きました。だが、同業で角《つの》突き合わせるのもみっともない話です。近頃、お顔を見ておりません、常盤町に挨拶《あいさつ》に参りましょうかね」

「若親分、そいつはいけねえ、筋が違う」

「筋が違いますか」

常盤町の宣太郎は南町奉行所定廻《じょうまわ》り同心西脇忠三《にしわきちゅうぞう》に鑑札をもらう御用聞きだが、強引な探索で手柄を重ねてのし上がった成り上がり者だ。その上、出入りのお店《たな》に金の無心をするなど決して評判はよくない。

一方、金座裏は幕府開闢《かいびゃく》以来の十手持《じってもち》で、金流しの十手の金看板を背負った上に古町《こまち》町人だ。

八百亀は格が違うと政次に言っていた。

「八百亀、いかにも金座裏は御用聞きの大看板ですが、私は駆け出しですよ」

「その若親分の背には九代の金流しの看板を負ってなさるんだ。いくら若親分が駆け出しだからといって常盤町なんぞと一緒になるものか。わざわざ挨拶に出向くなんぞはお門違《かどちが》いですよ。こいつはね、親分もおれと同じ考えの筈《はず》だ。挨拶ならばあいつのほうがこの金座裏に来るのが筋、それだけの貸しは十分作ってございますよ」

という八百亀の言葉に三喜松も大きく頷いた。

「そうでしたね。ならば御用の場で顔を合わせた折りにでも挨拶をしておこう」

と政次が言い、八百亀と三喜松は、

（若親分の優しさが仇《あだ》にならなければいいが）

と考えた。

朝餉を終えた政次に手先たちが神棚のある居間に集まり、この日の町廻りの手順を

決めていた。そこへ北町の寺坂毅一郎《てらさかきいちろう》が小者《こもの》を連れて姿を見せ、

「宗五郎《そうごろう》親分のいない金座裏は妙なもんだな」

と言いながら居間に入ってきた。

「お早うございます、寺坂様」

「若親分、今朝も稽古に赤坂田町に参ったか」

「はい。神谷先生に稽古をつけられまして、へとへとで戻って参りました」

「今日の町廻りはよすかえ」

「湯治から戻った親分にどやされますよ。寺坂様の町廻りには私と三喜松と亮吉が従います」

「冗談を言ったつもりだが若親分に本気に取られた」

と寺坂が苦笑いした。

「そうだ、上方《かみがた》から手配書きが回ってきた、こいつだ」

と寺坂が懐から手配書きの写しを出して若親分に渡した。

「拝見致します」

政次は四つ折りの手配書きを広げた。

「姓名の儀　酒江貞政《しゅこうさだまさ》、浪速疾風《なにわはやて》組頭目

身丈六尺一寸（約百八十五センチ）余、胸厚く腕で太し
顔顎《あご》が張り、両眼ぎょろりとして眼光鋭し
頭髪は総髪を好み、塗笠《ぬりがさ》に頭巾《ずきん》を用う
流儀心形《しんぎょうとう》刀流　奥伝会得
浪速疾風組十数人を率いて京、大坂の商家に疾風の如《ごと》く押し入り、都合七人を殺害、女を犯すこと数知れず、残虐非道の性情にて奪われし金子千数百両におよぶ。
大坂町奉行所水野若狭守《わかさのかみ》忠通」

とあった。

「江戸に潜入したのでございましょうか」

「つい数日前三島宿の薪炭《しんたん》商に押し入った一味の手口が浪速疾風組と似ておると三島から江戸町奉行所に知らせが入ったところだ。そやつらが疾風組なれば、そろそろ江戸に潜入しても不思議ではない。お奉行から今朝方、北町が月番の折り、こやつらを引っ捕らえよとの厳命を受けたところだ」

「寺坂様、今晩からさらに夜廻りを厳しく致します」

「頼もう」

八百亀以下の手先が手配書きを捕物帳に控えたあと、寺坂に従う政次らの組と八百

亀を頭にした見廻りが金座裏を出立していった。

寺坂毅一郎の縄張りは御城の東側、神田川と溜池《ためいけ》から流れ出る御堀に掛かる芝口橋《しばぐち》の北側だ。江戸市中でも一番繁華な界隈《かいわい》の番屋を回り、町内の揉《も》め事を聞きとり、奉行所に送らずにすむような軽事件はその場で解決策を提案して、事を収める。

番屋から番屋の歩きは早足だ。

町奉行所の花形の定廻同心は、冬は皹《あかぎれ》を切らせ、夏は汗疹《あせも》を背につくって番屋から番屋に走り回り、即断即決で双方に恨みを残さぬように裁きを言い渡し、また次の番屋に向かう、それが御用の実態だ。

地味にして体力を消耗し、機敏で的確な判断も求められた。それでいて身分はお目《め》見以下《みえ》の一代限りの二十俵二人扶持と実に過酷な扱いだった。だが、お店などに出入りが多いせいで盆暮れの付け届けが多く、その方が俸給の何十倍となった。

ましてや寺坂の縄張り内は日本橋を中心にした大店老舗《おおだなしにせ》が軒を連ねる界隈、実入りは他の同心より随分と多かった。

金座裏を出た一行が最初に立ち寄ったのが、

「一日千両」

の商いがあるという魚河岸《うおがし》だった。

師走《しわす》に向かう時節も時節、鰤《ぶり》、河豚《ふぐ》、海鼠《なまこ》、鮟鱇《あんこう》、牡蠣《かき》と魚が美味《おい》しい季節で魚河岸は普段に増して活況を呈していた。

「お見廻り、ご苦労に存じます」

魚河岸の頭取《とうどり》のひとり、伊勢八昌右衛門《いせはちしょうえもん》が寺坂一行の姿を目に留めて、寄ってきた。

「伊勢八、騒ぎはないな」

「へえ、至って平穏にございます」

と魚問屋の伊勢八を本船町で営む昌右衛門が福々しい顔で応じたものだ。そして、政次に視線を向けて、

「若親分、金流しの親分は箱根に湯治だってね、うらやましいぜ」

「大旦那、御用を留守にして湯治に出かけてよいものかと親分も迷ったようですが、この辺で骨休めをして英気を養い、御用を勤めたいと出かけました」

「宗五郎親分は先代の跡を継ぎなさって働き詰めだ。時に体を休めるのも仕事の一つですよ。もっとも松坂屋と豊島屋《としまや》の隠居夫婦が一緒だってね、宗五郎さんが骨休めになるかどうか、怪しいもんだぜ」

と昌右衛門が笑った。

「なにしろ総勢十人にございますから、どのような道中になっておるやら」

と政次も如才なく受けた。

「宗五郎親分もおみつさんもおまえさんという跡継ぎができてようやく決心なさったことだ。のんびりしてこられるとよいがな」

と真面目《まじめ》な顔に戻した昌右衛門が、

「ちょいと」

と寺坂毅一郎と政次の二人だけを伊勢八の帳場に誘った。

「おい、伊勢八、表で話せぬことか」

「へえ、御用であって御用でございませんので。わっしの愚痴と思うて聞き流してくれませんか」

「なんだか妙な話のようだな」

昌右衛門が二人に茶を淹れながら、

「南町のことで、いささかお門違いは承知ですがね」

「南町だって、厄介な話のようだな」

と寺坂が困惑の顔をした。

江戸町奉行所、北町と南町の二つの奉行所組織があって、月代わりで江戸の治安と行政を司《つかさど》っていた。

「いえね、常盤町の宣太郎親分の無心がここんとこ厳しいのでございますよ。私どもは盆暮れに南にも北にも応分にお配りしてございますが、宣太郎親分は、昨今政情不安より町の治安が乱れて、悪人が跋扈《ばっこ》しておるゆえ、その特別取り締まり金を差し出せとやいのやいのの催促なんでございますよ」

「伊勢八、北町の話なれば聞きようもある。南町の西脇同心に鑑札を頂戴《ちょうだい》している宣太郎をどうにかしろというのはいささか無理だぞ」

「分かってますって。だから愚痴と申し上げたので」

「宣太郎親分はいくら出せと申されるので」

　と政次が寺坂に代わって聞いた。

「百両にございます」

「なにっ、あやつ、法外な金子を出せと申したか」

　寺坂が唖然《あぜん》として驚きの言葉を発した。

「うちは南と北、等分のお付き合いを願って参りました。常盤町の親分だけに百両は出せません。ええ、他の旦那衆ともどもどうしたものかと思案をしているところにございますよ」

　という昌右衛門の言葉に寺坂と政次が顔を見合わせた。

二

この日、宗五郎一行は大磯《おおいそ》の宿を明け六つ（午前六時）に出た。

旅の鉄則は七つ（午前四時）立ちだが、年寄り夫婦二組を含む湯治旅だ。

宗五郎はゆったりとした旅程で朝餉もしっかりとり、明け六つ前後に出立した。

江戸を出てすでに三泊を重ねていたが神社仏閣があればお参りし、名物と聞けば食しながらののんびり旅を続けてきた。ために二組の夫婦もこれまで自らの足で歩き通して駕籠《かご》の世話にはならないでいた。

「松六《しょうろく》様、おえい様、足の加減はどうですね」

「親分さん、なんだか旅に出て急に元気が出たようで、杖《つえ》なしでもほれこのとおり、ぴんしゃんしておりますよ」

と松六が片足立ちで右足を出してみせた。

「まあ、無理は禁物、なんぞあれば直《す》ぐに駕籠を雇いましょうかな」

「親分、私も亭主どのに同じく江戸を離れて三度のご膳が美味しくて美味しくて仕方ございませんよ」

おえいがにこにこと笑った。

「なによりでございますな」

宗五郎の視線が清蔵《せいぞう》ととせに向けられた。

「松坂屋のご隠居よりうちは一回り以上も若《わこ》うございますよ。松六様とおえい様が元気に歩いておいでなのにうちが駕籠では、鎌倉河岸《かまくらがし》に帰って物笑いのタネにございますよ。お陰様で食欲あり、便通あり、布団に入ればことんと眠り、江戸で肩が痛い、足を引きずると言っていたのが嘘《うそ》のようでございます。やはり旅はするものですな」

清蔵も元気旺盛《おうせい》だった。

「ご隠居はあんなことを言っているよ、はた迷惑も知らないでさ」

湯治旅に連れてこられた小僧の庄太《しょうた》が清蔵の話を聞いてぼやいた。だが、どことなくぼやきも嬉《うれ》しそうに聞こえた。

「おや、庄太、私がなんぞ迷惑をかけましたかな」

「ご隠居様、隣り部屋で寝ている私と忠三郎《ちゅうざぶろう》さん、広吉さんのところにはご隠居の大鼾《いびき》が響いてくる、松六様の歯軋《はぎし》りは押し寄せてくる、ついでにおえい様の寝言が念仏のように聞こえてくる。私どもは昨晩も一睡もしていません」

「おや、庄太、私が鼾ですとな。そんなことはございませんよ、とせが嫁にきてかれこれ三十余年、とせから苦情が出た例《ため》しはございません。な、とせ」

と清蔵が長年の連れ合いに相槌《あいづち》を求めた。

「はいはい、おまえ様。祝言《しゅうげん》の夜からおまえ様の鼾には慣らされてきまして、寝に就くときは耳に鼻紙を突っ込んで寝たことも度々でございますよ」

「あれ、おかしいな」

「おかしかございません」

とせが清蔵の大鼾を認め、おえいが、

「庄太さん、私が念仏のような寝言を言うですと、それはなんぞ聞き間違いにございましょう」

「いえ、おえい。おまえさんの寝言はほんに下手な坊主が上げる念仏のようにぶつぶつといつまでも続きます」

と今度は松六が反撃した。

「忠三郎、ほんとうに小僧さんが言うように私は念仏を唱えますか」

とそれでもおえいが供につれてきた手代の忠三郎に問い質《ただ》した。

「私の口から申すのはなんでございますが、庄太さんがばらされたのです。否とは言えません、おえい様」

うわっはっは

同じ供部屋に寝る金座裏の手先の広吉が背に風呂敷包みを負って笑った。

「やはり小僧さんと忠三郎の言葉は嘘でしたか。私を一杯ひっかけようたって、ほれ、広吉さんが笑ってますすよ」

「ご隠居の大鼾は連夜のこった、正真正銘立派な大鼾ですよ。でも、庄太が一睡もできないなんて嘘ッぱちだ。床《とこ》に入る前から鼻提灯《はなちょうちん》でこっくりこっくりと眠りこんでいるんですからね」

左官の広吉が穏やかな口調で庄太のことも洩《も》らした。

「そうでしたか、私の鼾がそれほどに皆さんに迷惑をかけておるとはね、今晩から離れ屋に泊まらせてもらいます」

と清蔵が言い出し、皆の会話を笑いながら聞いていたしほが、

「ご隠居様、廊下を伝って私の部屋にも聞こえてきましたが、なんだか私には母上の子守り歌のように聞こえてきました。離れに一人で休むなんて言わないで下さいまし」

「しほさんだけだよ、年寄りに優しいのは」

と清蔵が言ったとき、前方にきらきらと海が光り、潮騒が聞こえてきた。小磯の海だった。

「おや、ご隠居が歩きながら鼾《か》を掻き始めたぞ」

と庄太が言い、えっ、と松六が驚いて、

「この小僧さん、なかなか口が悪《わる》うございますな。あれは小淘綾浜《こゆるぎのはま》から聞こえてくる潮騒の音ですよ」

松六が昨晩『東海道名所記』で調べた知識を披露した。

「松六様、となれば西行上人《さいぎょうしょうにん》ゆかりの鴫立沢《しぎたつさわ》はこの界隈にございますな」

「清蔵さん、いかにもさようですぞ。西行上人が東国行脚《あんぎゃ》の折り、秋の夕暮れ、もの寂しい沢を通りかかると鴫が飛び去って旅の孤独を一層に感じられたそうな。その時詠《よ》まれた歌がございましたな、清蔵さん」

「心なき身にもあはれはしられけり、鴫立沢の秋の夕ぐれ」

「それそれ、季節は少し前にございましょうが、独り旅で秋の夕暮れとなると徒然《とぜん》なことにございましょう」

「私らの年になりますと、このお歌が身に沁《し》みます」

と松六と清蔵が言い合うのを見て、宗五郎が、

「鴫立庵に立ち寄りますかえ」

と二人の隠居に聞いた。

「親分、鴫立庵なる庵《いおり》がほんとうにございますので」

清蔵がそのことは知らなかったか聞いた。

「わっしも他人からの受け売りだ。確かかどうかは知りませんがね、西行上人のお歌に合わせて小田原外郎《ういろう》を売り出した子孫の崇雪《そうせつ》って方が寛文《かんぶん》四年（一六六四）だかに草庵を結んだそうにございます」

「親分、たしかですよ。元禄《げんろく》に入り、俳諧師《はいかいし》の大淀三千風《おおよどみちかぜ》が庭を造ってさらに風情の庵になったそうな。西行上人六十四歳の折りのお姿をなた彫りで木像にしたものが安置された円位堂なる御堂もあると聞きました」

「立ち寄りましょう」

清蔵の一声で鴫立沢に足を一行は向けた。

鴫立庵は東海道の傍《かたわ》ら、正面に小淘綾浜を、東に照《てる》ケ崎《さき》の岩場を、西に目を向ければ小田原城下から箱根連山が見える小高い場所にあった。

一行は庵を見学し、円位堂にお参りして西行上人の古《いにしえ》の東国行脚を偲《しの》んだ。

おえいが円位堂の階《きざはし》に腰をおろし、煙草《タバコ》好きの松六も煙草入れから煙管《キセル》を抜いた。

それを見たしほは、懐から画帳を取り出し、女物の矢立てから小筆を取りだすと墨《すみ》壺《つぼ》に筆先をつけてさらさらと松林越しの小淘綾浜と小田原城下遠景を描き始めた。

この女物の矢立て、政次が飾り職人の親父の勘次郎《かんじろう》に、

「お父っつあんなら矢立てくらい造作なくこさえてくれるね。しほに贈りたいんだ」

としほに内緒に頼み込んで造ってもらったものだ。

勘次郎は赤銅《しゃくどう》を巧みに叩《たた》いて男物女物の対《つい》の矢立てを拵《こしら》えて、一本を倅《せがれ》の政次に、もう一本の女物を嫁のしほに贈ってくれた。それが道中に出る少し前のことだった。

しほは、舅《しゅうと》の勘次郎の凝った細工の矢立てが大いに気にいった。

墨壺の上に番《つが》いの鴛鴦《おしどり》が寄り添う姿は政次と離れていても、

「夫婦は一心同体」

という言葉を常に思い出させてくれて心強かったからだ。

小筆で画帳にさらさらと海岸線を描き出していると円位堂の後ろから旅の武芸者と思《おぼ》しき巨漢が姿を見せて、不意に立ち止まった。

相手はそこに女絵師がいるなど考えもしなかったか、足を止めて塗笠の下の両眼から鋭い視線を送った。

しほの背筋がぞくりとするほど武芸者からは殺気とも死臭ともつかぬものが漂ってきた。それでも御用聞きの女房だ。

「驚かせてしまいましたか」

としほは会釈した。

しばし睨《にら》みつけていた相手は無言のまま、また円位堂の陰に姿を消した。

しほの筆先が勝手に侍の特徴を捉えた似顔絵を描いていた。予想もしない場所で人と会って驚いた様がしほに強い印象を残したからか。ただそれだけのすれ違いだった。

しほは旅に出て、出会った茶店の女衆の仕草や笑顔や駕籠かきの動き、荷馬《にうま》を引く馬方《うまかた》の風貌《ふうぼう》などを描き溜めてきた。その一人に過ぎなかった。

「そろそろ出かけますぜ」

宗五郎の声が鴫立庵に響いて、一行十人が門の前で再集合した。

東海道は小淘綾浜と並行して西に進む。

「親分さん、小田原が今晩の泊まりですか」

庄太が宗五郎に聞いた。

「庄太、今日は大磯から小田原城下まで平地四里の道中だ。大名旅行というがね、お大名はこんなもんじゃないぞ。行列組んで大荷物を担いで一日十里を進むのだからね」

「なぜですね、親分」

「加賀様の参勤交代ともなれば何千人のお供だ。そいつが旅籠《はたご》に泊まり、めしを食う。

一日かさめばそれだけ大変な出費だ。だから走るように進むんだよ。ところがこちとらは江戸を出てこれで四泊目、大大名より贅沢《ぜいたく》旅だ」

「旅がこんなに楽しいものだとは考えもしませんでした」

「小僧さんも旅の楽しさがお分かりか」

と松六が笑いかけた。

「松坂屋のご隠居が元気になったと言われましたが、こんなに楽しきゃ元気になりますよね」

「庄太の年で贅沢をさせましたかね」

清蔵がそのことを案じた。

「豊島屋のご隠居、わっしもかような楽旅、贅沢道中は初めてにございますよ。だがね、旅はそう楽しいことばかりじゃねえ。雨も降れば、雪も降る。箱根八里の坂道が険《けわ》しいように旅にも上り下りがございますよ。庄太が西行上人の心境に思い至るにはまだ何十年もかかりましょうな」

と宗五郎が笑った。

「ご隠居様、次の名所はどこですか」

庄太が松六に聞いた。

「この先にな、西長院というお寺さんがある筈です。切通地蔵が安置された地蔵堂じゃそうな。私が江戸で読んだ旅案内には、古、この地蔵、夜ごと夜ごとに女に化けて旅人を騙《だま》したそうな。ある夜、紀伊藩のご家来衆が夜旅でこの地を通りかかると、美形の女が手招きしたのだよ」

「ご隠居、美形ってなんです」

「美形か、美しい女の人のことだ」

「しほ様みたいな女のことですね」

「おまえさん、なかなか口が上手じゃな。いかにも金座裏の嫁様のような女を美形というがな、こちらは外面如菩薩《げめんにょぼさつ》内面如夜叉《やしゃ》とまごう悪い女だ、しほさんとは雲泥だ」

「庄太さんもご隠居もお口が上手ですこと」

しほが半畳《はんじょう》を入れた。

「しほさん、今、ご隠居の話の途中ですよ」

「あら、ごめんなさい」

「紀伊藩のご家来は剣術の達人とみえて、美しい女の顔が鬼女のように変わるのを見て、抜き打ちに女の首を斬《き》り落としたんだそうだ」

「えっ、女を斬ったんですか」

「ところがよくよく見れば野地蔵の首がころりと落ちていたそうな」

「あれ、お侍たら女の人と間違えて地蔵様の首を落としてしまったんですか」

「女に化けた野地蔵の首を斬り落としたのさ。それでくびきれ地蔵と呼ばれていたものが、いつしか切通地蔵とか、お化け地蔵と呼ばれるようになったそうな」

ふーん、と庄太は得心がいかないという顔で洩らした。

「見物していくかね、小僧さん」

「ご隠居、悪さしていた首きれ地蔵を見てもしようがないや」

庄太があっさりと拒絶した。

東海道は小さな切通しに差し掛かっていた。

「ご隠居、以前御用旅でこの切通しを夜中に八百亀と一緒に抜けたことがございましてね、私がまだ三十前の駆け出しのころですよ。江戸で押し込みを働いた野郎を追った旅にございましたが、土地の十手持ちの親分さんが、その地蔵の一件を話してくれたんでございますよ。それによれば、野地蔵は悪い役じゃねえ、反対に人を助けるお役目でございましたな」

「おや、そんな話もあるんですか」

「旅の女がよんどころのない事情で夜ここを抜けようとしたんでございますよ。するとそこに悪い野郎が現れて首を斬ったというんで。ところが首を斬られたはずの旅の女は無事で、朝になってみたら、地蔵様の首がころりと胴体から離れておちていたんだそうで。以来、身代わり地蔵として土地の人や旅人に慕われたそうでございますよ」

「地蔵様はよいのだか悪いんだか。話なんてあてにならないものですね」

清蔵が中途半端に話を締め括《くく》った。

いつしか、一行は六所神社の鳥居の前を通過していた。

「親分、金座裏で亮吉がぼやいていましょうね」

と広吉が言い出した。

「広吉、あいつのことですよ。未だ私らから呼び出しがかからないかと気もそぞろ、政次や彦《ひこ》四《し》郎《ろう》から怒られてますよ」

おみつが応じた。

「同じ育ちでも亮吉だけが大人になりきれないな」

宗五郎が言葉を継いだ。

「宗五郎親分、いくらむじな長屋で生まれ育ったって、三人三様ですよ。三人すべてが政次若親分のように立派すぎてもつまらない。彦四郎はこの前の幼馴染《おさななじ》みに誑《たぶら》かされて、だいぶ大人になったようだ。残るは亮吉だが、私はね、亮吉は鎌倉河岸でも金座裏でも、私たちが考えている以上に大きくて、大切な役目を果たしているんじゃないかと思いますのさ」

「豊島屋のご隠居、どういうことです。うちの独楽鼠、そんな大切なお役目を果たしていますかね」

「おみつさん、してますとも」

「驚いた。清蔵のご隠居はいつも亮吉を叱ってばかりだから、そんなこと考えもしなかった」

清蔵の視線がしほにいった。

「どうだい、しほさん」

「ご隠居の申されるとおりかもしれません。うちの政次さんや彦四郎さんばかりだと、世の中窮屈になり過ぎます。私、時に亮吉さんがわざと自分を嗤《わら》いのめして皆さんを楽しませているような気がします」

「どぶ鼠がそんなことまで考えているかね」

おみつが首を傾《かし》げた。

「おみつ、うちの御用だがな、亮吉ばかりでも物の役に立つまい。といって政次だらけでも金座裏は動かない。意外と皆さんが申されるように亮吉は亮吉で自分の立場を考えて、動いているのかもしれないな」

一行は押切《おしきり》坂を下って押切川を渡った。すると雲に隠れていた富士山の頂《いただ》きが見えてきた。頂きはすでに白い冠を被《かぶ》っていた。

「親分、おれ、こんな大きな富士山を見たことがないよ」

と庄太が歓声を上げた。

「うちのおっ母さんがさ、ご隠居とおかみさんの供で箱根に行くといったら、なにがなんでも日本一のお山を拝んでこいと言ったがよ。こりゃ、拝みたくならあ。江戸で見る富士山とちがうもんな」

背に清蔵らの荷を負った庄太が路傍から富士山に向かって合掌した。

しほはその姿と周りの景色を脳裏に刻み付けて、今晩の宿で描こうと思った。

「庄太、おっ母さんの申されるとおりだね、富士はやっぱり日本一の山だよ」

とせが得心の様子で言った。

「おかみさん、山なれば富士、白酒なれば豊島屋だもの」

「庄太、いいこと言いなさるね。それでこそ豊島屋の奉公人ですよ」

清蔵が庄太を褒めた。

いつしか大磯と小田原の四里を半《なか》ばまで歩いていた。

「段々小田原のお城が大きくなってくらあ。親分、昼前に着きそうですね」

「庄太、小田原を前にした酒匂《さかわ》川はかち渡りだ。冬の間は仮橋が架かるがな、土手の茶店で昼餉を認《したた》めて小田原入りするのも手でございますね、ご隠居」

と最年長の松六に宗五郎が話しかけ、

「金座裏の、城を前にしたから答えるわけじゃないが、よきにはからえと鷹揚《おうよう》に答えたくなるね」

「ははあ、とこちらも応じたくなりますよ」

「宗五郎、明日はいよいよ箱根の湯じゃのう」

「いかにもさようにございます、大御所様」

宗五郎と松六が掛け合い、

「私は湯治の前に相模灘の海の水を触ってみたいよ」

というおえいの発案で袖《そで》ヶ浦《うら》の浜に下りた一行は、浜から箱根の山を眺めて、また感嘆した。

三

宗五郎の一行が小田原藩十一万三千余石の大久保安芸守《あきのかみ》支配の城下外れの江戸口見附《みつけ》に入ったのは八つ（午後二時）過ぎの刻限だ。

大磯を六つに発《た》ってあちらこちらを見物し、酒匂川の渡し場を前に茶店で昼餉を食してのんびりと休息して仮橋を渡ったせいでこの刻限になったのだ。

「いかめしい木戸がありますね」

「庄太、江戸を発って初めての城下町だ。だから、この木戸を江戸見附口と呼ぶのさ。わっしらもこの見附口を通ってお城下に入るのだよ」

「親分、どなたの御城なんです」

「豊島屋の小僧さんは知らないか。戦国時代に北条様五代の居城だったがな、天正《てんしよう》十八年（一五九〇）の太閤《たいこう》秀吉様の小田原攻めに敗《やぶ》れて、主が代わった。徳川家康様の関東入国とともに徳川家譜代《ふだい》の家来大久保忠世《ただよ》様が城主になられたんだよ。ところがだ、二代の忠隣《ただちか》様の御世に不手際があって改易《かいえき》になり、一時は阿部家、稲葉家の支配が続いた。大久保家の血筋に戻ったのは貞享《じようきよう》三年（一六八六）のことだ。下総《しもうさ》佐倉より老中大久保忠朝《ただとも》様が入封され、以後は大久保家支配で盤石《ばんじやく》な城下町になって、相模一の繁栄を見ているんだよ」

さすがに徳川家とつながりが深い金座裏の宗五郎がたちどころに説明した。

「それにしても親分、木戸に役人衆が立っていかめしいですね。箱根の関所を前にして、こちらでも出る旅人をお調べですかえ」

広吉が手先根性を見せて言った。広吉も六郷川より西に旅するのは初めてのことだ。

確かに抜き身の槍《やり》や六尺棒を持った役人たちが城下から出る人々を厳しく検《しら》べていた。だが、宗五郎一行のような城下に入る一行の検べはなかった。

「広吉のいうとおりだ。いつもはこんなじゃなかったがな。旅に出てまで御用聞きの真似《まね》をするのも妙だが、念のためだ、聞いてみよう」

一行を見附口を入ったところに待たせた宗五郎が役人に歩み寄り、身分を明かした。

役人の一人は江戸屋敷に参勤の経験があるのか、

「おおっ、金座裏の親分どのか。して御用の筋で道中かな」

と反対に問い返した。

「いえ、ご覧のとおり年寄り女衆と一緒に箱根に湯治に行く道中でございましてな、日頃の御用聞き根性がつい頭をもたげて、お尋ねしたってわけでございますよ」

宗五郎が見附口の中に足を止めた松坂屋の隠居らを差した。

「箱根湯治か、なによりでござるな」

　と応じた役人が、

「昨夜、城下栄町の米問屋足柄屋《あしがらや》に上方から東海道を下ってきた押込み一味が押し入り、番頭を斬り殺し、手代に怪我《けが》を負わせて女中を犯すという所業をなした。その最中、気転を利かした小僧が厠《かわや》に行くといつわって必死に表に逃げ出し、大声を張り上げて助けを求めたゆえ、銭箱の金子百数十両を盗んで散り散りに逃げたのだ。一味の頭目は、浪速疾風組の貞政こと酒江貞政なる剣術家くずれらしい。こやつは自ら名を残して自分の仕事を誇示する癖があってな、それでこやつどもの仕業と分かったのだ。この酒江、身丈《みのたけ》六尺数寸の大男にして心形刀流の遣い手ということだ」

「未だ城下に潜んでおりますので」

「逃げ遅れた一味の者と思える手下の侍を御幸《みゆき》ノ浜《はま》で二人ばかり捕まえたが、どうやら新参者らしく、それをよいことに知らぬ存ぜぬで一味などではないと言い張っておる。半日以上過ぎたで、城下の外に逃れておると思うがな、かように警戒をしておるところだ」

「一味は江戸を目指しておるのでございますな」

「大坂町奉行所から手配書きがわが藩にも回ってきておる。江戸にもその情報は当然伝わっておろう。金座裏の親分が留守しておる最中《さなか》、江戸はいささか不安じゃな」

「いえ、わっし一人が留守をしたからってどうってことはありませんや。南北奉行所のお役人衆が手薬煉《てぐすね》引いて待ち受けておりましょう。それにわっしのところも跡継ぎが頑張っておりますでな、浪速疾風組の酒江貞政なんて剣術家くずれも痛い目に遭いますよ」

「おお、若親分が活躍されておるとか、江戸から話が伝わってきておるわ。親分が湯治でも金座裏はびくともせぬか。ともあれ、酒江貞政なる者、塗笠に五つ紋の黒羽織を着込んで押込みを働くという。最前申したとおり巨漢の上、剣術の達人じゃそうな。足柄屋の番頭は銭箱を守ろうとして肩を袈裟がけに斬られたがな、首筋から胸にかけて銭箱と一緒に六、七寸も斬り割られて絶命した。空恐ろしいまでの大力《だいりき》じゃぞ。それに眼光鋭い顔立ちじゃそうで、一味がいきなり押し入ってきたらだれもが身も竦《すく》もう」

と役人は金座裏の大看板に敬意を表してか、能弁に喋《しゃべ》ってくれた。

「有難うございました。宿に着いたら早速江戸に手紙を書きまして見廻りを厳しくしろと命じます」

「湯治にきてもおちおち休めぬとは金座裏の稼業柄致し方ないか」

と役人が宗五郎の御用聞き魂に同情までしてくれ、

「旅籠はどちらかな」

と尋ねた。

「本町の中清水屋に泊まります」

「なんぞあったら知らせよう。それがし、大久保家町奉行支配下の滝口空太《たきぐちそらた》と申す」

と最後に名乗った。

「滝口様、恐れ入ります」

宗五郎が言葉を返して江戸見附口木戸から一行のところに戻った。

「お待たせ申しました。さあ、参りましょうか」

と声を掛けた宗五郎を豊島屋の清蔵が待ち構えていた。

「親分、城下のお店に押込みが入って奉公人を一人斬り殺し、他にも怪我を負わせて逃げたそうじゃないですか。江戸と違い、旅に出れば長閑《のどか》と思いましたがな、そうでもないらしい」

清蔵は清蔵で城下の住人に聞いたか、得た情報を宗五郎に告げた。

「さすがに豊島屋の清蔵様だ。すでに聞き込みをしていなさる」

「へっへっへ、どうも店で亮吉らが聞きこんできた話を吐き出させる癖が出ましてな、手先の真似をしたところです」

「剣術家の酒江貞政、通称浪速疾風の貞政が頭分の一味で、血を流し、女を犯す外道《げどう》働きの野郎どもらしい。ご城下の米問屋が襲われて忠義な番頭さんが斬り殺され、手代さんが怪我を負わされたそうな」

「残忍な手口ですな。東海道筋を務め場所にしておるのですかな」

「上方から手配が回ってきておるようです。上方で危ないと見えて稼ぎ場所を江戸に変えようとしているのではないですかな。この頭分、六尺豊かな巨漢で心形刀流の遣い手で眼光の鋭い男じゃそうな。それに変わったところでは紋付き黒羽織をいつも着込んでおるそうな。手下と思しき二人が浜で捕まえられたようだが、主だった者たちは城下の外に逃げておりましょうな」

宗五郎が説明した。

「黒羽織を着込んだ押込み強盗ですか。えらく律儀な押込みさんですな」

清蔵が妙な感心の仕方をした。

「親分、酒江貞政を見た者がいるんですか」

しほが義父に問うた。

「襲われた米問屋から小僧さんが逃げ出したというから、ひょっとしたら眼光鋭いという顔を見た奉公人もおるかもしれないな」

「ちょいと、おまえさん方、私どもは血生臭い金座裏の暮らしをさらりと忘れて湯治旅に出てきたところですよ。それをなんですね、おまえさんは御用聞き根性を丸出しにして役人衆に聞き込みにいき、清蔵のご隠居は手先の真似をしなさり、しほまでが加わろうという勢いですよ。いいですか、私どもは箱根、熱海の湯治の道中です」

　おみつが声を張り上げた。

「いけねえいけねえ。ついいつもの癖が出た。忘れよう忘れよう、浪速疾風の貞政一味なんて忘れるこった」

　と宗五郎がおみつに応じて、

「さて、本町の旅籠中清水屋に参りますぞ。明日はいよいよ箱根の塔《とう》ノ沢《さわ》が待っていますからね」

　宗五郎が気分を変えるように声を張り上げた。

「おっ義母《かか》さん、ご免なさい」

　しほが詫《わ》びて、

「おまえじゃないよ、親分が悪いんだよ。広吉の言葉に釣られて真っ先に役人に聞きに行くからさ」

「あれ、おかみさんの怒りの矛先がこっちに来そうだぞ」

左官の広吉が首を竦めた。

「しほ、なんぞ言いたそうだな」

宗五郎がしほの様子を見て、問い質した。

「しほ、親分のお尋ねなんぞうっちゃっておきな。さあ、行きますよ」

おみつが強引に一行を城下へと引っ張っていった。

しばらく一行は無言で歩を進めていたが、

「しほ姉ちゃん、なんぞ言いたいことがあれば言いな。おれが聞いてやるからよ。それとも親分じゃなきゃあ、駄目か」

庄太がおみつのことを気にしながらもしほを気遣った。

「庄太さん、あなたにまで気を使わせてご免なさい。ちょっと気がかりなことがあったものだから。だけどもういいの」

しほと庄太は、豊島屋で一緒に働いてきた仲だ。いわば姉と弟のような関《かか》わりでこの数年を過ごしてきたのだ。

「気がかりってなんだい」

「だから、もういいの」

二人の会話を広吉が後ろから聞いていて、

「しほさん、後悔するようならば話したほうがようございますよ」

と助言した。

「しほ、まだごちゃごちゃ言っているのかい。なにが気になるんだい」

今度はおみつが加わってきた。

「おっ義母さん、もういいんです。私たち、湯治旅に出てきたんですものね」

「政次が心配で江戸に戻りたくなったのかえ」

「そんなことではありません」

「ならばお言いよ」

おみつが持ち前の口調でぽんぽんとしほを質した。しほはそれでもしばらく迷っていたが、

「いえ、鳴立庵で絵を描いているとき、ちょっと気になるお武家様を見たものですから」

「なんだって、酒江なんて押込み強盗の頭分じゃあるまいね」

おみつが今度は慌てた。

「なに、酒江貞政らしい剣術家を見たってか」

宗五郎が再び勢いづいた。

「酒江という押込みの頭分かどうか。大きな体で塗笠を被り、たしかに黒羽織を着ておりましたので」

「待ちな、そいつに会ったのはしほ一人か」

宗五郎が周りを見回したが、だれも見た者はいなかった。

「円位堂の横手から絵を描いていたときですから、周りにはだれも」

「宗五郎さん、散り散りに逃げた連中の集まる場所が鴫立庵ということではないかね」

清蔵が身を乗り出した。

「しほ、中清水屋に入ったら念のためにそいつの人相風体《ふうてい》を描いてくれないか」

宗五郎がしほに言い出し、しほが襟元《えりもと》に差し込んだ画帳を出して広げた。すると小淘綾浜と相模灘の景色の脇に、しほが出会ったという巨漢の侍が描きだされていた。たしかに塗笠に黒羽織、眼光鋭い風貌に描かれていた。

「驚いたぜ。こいつはひょっとするとひょっとするぜ」

宗五郎が塗笠の下の相貌《そうぼう》と角ばった顎、それに黒羽織を着込んだ巨漢侍の絵をしばらく無言で見詰めた。

「しほ、肝心の五つ紋が描いてないよ」

おみつが身を乗り出した。

「そこまで描く暇がございませんでした、一瞬でしたから」

「肝心なところだがね」

「おっ義母さん、確かに鷹の羽が互い違いに重なっている紋かと思います」

「上等だ、しほ」

と宗五郎が答え、

「そろそろ城近くにきた、中清水屋にまず急ごう。皆は旅籠で休んでいなされ。おれとしほは大久保家のお役人に会ってこよう」

と一行は足を早めた。

おみつがなんだかんだと言っても御用聞きの宗五郎を頭にした湯治旅の面々だ。御用となると急に結束して張り切った。

小田原城近く、東海道に面した本町界隈は城下でも繁華な町屋だ。

一行が宿泊をあてにしている中清水屋は城下でも老舗の旅籠で、宗五郎は江戸を出立するに際して中清水屋に文を書き送っていた。

「金座裏のご一行様、ようお出《い》でになりましたな」

と顔馴染みの番頭が迎えてくれ、

「女衆や、金座裏ご一行十人様のお着きだよ。濯《すす》ぎの水を持っておいで」

と奥に叫んだ。

「番頭さん、うちの嫁がな、鴫立庵で見かけた侍がひょっとしたら昨夜の押込み強盗の頭ではないかと思えるのだ」

宗五郎がその一件で町奉行所を訪ねたいと願うと、

「えっ、金座裏のお嫁様が疾風のなんとかいう頭分にお会いになりましたので」

しほに尋ねた。

「いえ、浪速疾風の貞政って人かどうかは存じません。でもこのようなお武家と会ったのは確か」

と画帳の絵を見せると、

「こりゃ、本職顔負けの絵にございますな。これなればお役人方の役に立ちます。なあに金座裏の親分さんが出かけることはございませんよ。ただ今手代を走らせてな、お役人をうちに呼びますでな。皆さんは部屋で寛《くつろ》いで下さいな」

番頭が手代を呼ぶと懇々と口上を口移しで覚えさせた。

「基三郎《きさぶろう》、分かりましたな」

はい、と利発そうな手代が飛び出して行った。

「金座裏の親分さん、町奉行所のお役人がお見えにございます」

と番頭が声を掛けたのは中清水屋に入って半刻（一時間）もした頃だ。

そのとき、しほは自分に当てられた二階の部屋にいて、鳴立庵で見かけた剣術家風の武士の風貌を思い出せるかぎり描き込み、色を付けていた。

宗五郎は金座裏の政次に宛《あ》てて道中の様子と、しほがひょっとしたら押込み強盗に会ったかもしれないことを文に記したところだった。

宗五郎はしほを呼ぶと、中清水屋の階下に下りた。

七つ過ぎの刻限で折りから箱根八里を越えてきた旅人が中清水屋にも姿を見せ始めていた。

大久保家の役人三人は帳場にいて、宗五郎としほを迎えた。

三人のうち一人は江戸見附口で宗五郎が話した滝口空太だった。

「滝口様も同道なされましたか」

「金座裏の、なぜ最前話してくれなんだ」

と滝口がちょっぴり恨めしそうに上役の手前言った。

「滝口様、あのとき、わっしもなんにも知らなかったのでございますよ。滝口様とお別れして、中清水屋に向かう道々しほが言い出したことなのでございましてな」

「そうであったか」

と滝口も得心したようで安堵《あんど》の表情を見せた。

「しほ、仔細《しさい》を話せ」

宗五郎が言い、しほが御用聞きの女房らしく無駄なく塗笠の武士と一瞬会った経緯を告げ、三人の前に色を塗り加えた絵を示した。

「おお、これは」

年配の役人が驚きの声を上げた。

「金座裏の嫁女は絵も仕込まれるか」

「そうではございませんので。しほにはうちに来る前から母親譲りの絵心がございましてね。うちに嫁に入って、一層腕に磨きが掛かりましたのでございますよ。これまでも何度も御用のお役に立って北町奉行の小田切土佐守《おだぎりとさのかみ》様からご褒美を頂戴したこともございます」

「いや、驚きいった。一瞬見た酒江貞政の特徴をようも捉えて描かれたもので」

と感心した相手が、

「おお、名乗るのが遅れ申した。それがし、大久保家町奉行探索方与力熊谷八十助《よりきくまがいやそすけ》にござる。この絵、しばらくお貸し願えぬか。足柄屋の奉公人に見せて確かめたい」

と言い出した。

「熊谷様、御用の役に立つなればどうかお持ち下さい」

としほが応じた。

「有り難い」

と答える熊谷に、

「しほが会った人物、酒江貞政なる押込み強盗の頭分にございますか」

宗五郎が問い質した。

「六尺一寸余の巨漢、塗笠、五つ紋の黒羽織、眼光鋭い風貌、すべて酒江貞政なる者の特徴を余すところなく捉えておる。それに中輪違《なかわちが》い鷹の羽の紋所、奴の家紋に間違いない。ようも一瞬でかように記憶されたものよと感心致す」

「絵師は一瞬にして景色や人物を読み取る技を持ち合わせておると申します。うちのしほも母親譲りの才を授かったようですな」

宗五郎が応じると、しほを誇らしげに見た。

四

翌朝、宗五郎の一行は大広間に十人が顔を揃《そろ》えて朝餉の膳を囲んだ。

昨夕の内に宗五郎は江戸の政次に酒江貞政なる押込み強盗一味の所業、手口と頭分の残忍な性情と風貌を詳しく記し、その文にしほが描いた色彩の人相描きを同封して小田原の飛脚《ひきやく》宿から江戸に送っていた。

宗五郎としてはそれでこの一件を忘れて、本日からの湯治行を楽しむつもりだった。

「いよいよ箱根ですな」

松坂屋の松六隠居が相模灘で採れた鰺《あじ》の干物を食べながら宗五郎にいった。

「無事にここまで辿《たど》りつきました。浮世の草々はさらりと忘れて湯を楽しみましょうかな」

「斬った張ったは、忘れましょう忘れましょう」

豊島屋の清蔵もその言葉に賛成した。

「親分、箱根の山は険しいと聞いたが、おかみさん方に駕籠を雇っておいたほうがいいかい」

と左官の広吉が三杯目の飯を自ら装いながら尋ねた。

「広吉、この小田原宿から箱根の関所がある芦ノ湖《あしのこ》まで四里なにがしの山道が続くがな、わっしらは峠を越えようというわけではない。三枚橋というところで箱根路といったん分かれて塔ノ沢道に入る。箱根七湯《しちとう》を下から湯本、塔ノ沢、堂ケ嶋、宮の下、底倉《そこくら》、木賀《きが》、芦ノ湯へと巡って芦ノ湖に出ようという話だ。本日から三泊ほど二番目の塔ノ沢の湯治宿紅葉屋《もみじや》に滞在する手筈になっておる。塔ノ沢の湯を楽しみ、この湯に飽きたら湯本に下ったり、宮の下の湯まで足を伸ばそうという算段だ。駕籠を雇うこともあるまいと思いますが、おえい様、とせさん、どう致しますね」

宗五郎が説明を加えたあと、二人に聞いた。

「親分さん、私はまだ若いつもりです。自分の足で歩きますよ」

とせがまず徒歩でいくことを主張した。

「宗五郎親分、塔ノ沢まで何里ですね」

「さて精々二里はありますまい。この塔ノ沢くらいまでは川沿いのなだらかな山道でございますよ、おえい様」

「歩きます」

松六に次いで年長のおえいの一言で徒歩行が決まった。

一行が朝餉を終えた刻限、旅籠の番頭が小田原藩大久保家町奉行所支配下の滝口空太を座敷に案内してきた。江戸口見附で会ったとき、なんとなく厳《いか》めしかった滝口の顔がにこやかに和《なご》んでいた。

「金座裏のご一行、おはようござる。ご一統様どなたも爽《さわ》やかな顔をしておられますな」

滝口が如才なく挨拶した。

「滝口様、なんぞ朗報にございますか」

「親分、折角《せっかく》金座裏の嫁女どのが懇切に人相描きまで作って下されたが、どうやら浪速疾風一味はさらに領内を出て東に向かったものと思えます」

滝口は一味が城下から離れたことでほっと安堵していた。

「となれば、しほの絵も役に立たずでしたか」

「いえ、御幸ノ浜で捕まえた怪しき二人にいきなり見せたところ、二人の顔付きが変わりましてな、絵の人物が頭分の酒江貞政と認めました」

「やはりあのお武家さんが」

しほが驚いたり、ほっとしたりした。

「昨日、こちらの報を得て鳴立庵に捕り手方が出張《でば》りましたが、鳴立庵円位堂の裏手にある納屋に大勢の人間が飲み食いした跡があったそうな。納屋の持ち主に問うたところ、納屋で飲み食いしたり火を燃したりした覚えはないという答えに浪速疾風一味がこの納屋をまさかの場合の再結集の場所としていたことが判明しました」

と立て板に水で説明した。その上で、

「さすがに金座裏は若い嫁女どのまで観察眼を持っておられると、わが奉行所で感心しきりにございましたぞ」

しほを褒めた滝口が、

「親分、本日はどちらまで参られますな」

「塔ノ沢の紅葉屋に宿を願ってございます」

「それなれば昼前には楽々到着致しましょう。それがし、塔ノ沢の湯治宿までお見送り致します」

滝口は宗五郎らと同行する心積もりで旅籠を訪ねたようだ。

「滝口様、御用繁多《はんた》なお役目にございます。わっしらはのろのろ行きますのでお気持ちだけ頂戴致しましょう」

と宗五郎が遠慮したが、

「そう申されるな、疾風一味の二人を捕まえ、酒江貞政の人相が克明に判明しただけでも小田原藩の面目は立ちました。あの絵の写しを箱根の関所を始め、東海道の各所に送りました。それもこれも嫁女どのの観察眼と絵心があったればこそ、上役よりきつく命じられております」

滝口はさっさと広間から玄関へと姿を消した。

「私どもの湯治旅に大久保家の警護が付きましたか、まるで大名旅行ですな。宗五郎親分、これも旅の一興でしょうかな」

と松六が笑った。

「となれば旅仕度をして玄関口に集合しますぞ」

宗五郎の声に十人がすでに用意の荷を手に玄関に出てみると荷馬が二頭待って、滝口が、

「ささっ、荷はこの馬に載せますでな」

と馬方に荷を積むように命じた。

「ほんとだ。松坂屋のご隠居が申されるとおり大名旅行だぜ、庄太」

「広吉兄さん、空っ手で旅をしたなんて、亮吉兄さんが知ったらまたまた悔しがるな」

「その名は言いっこなしだ。亮吉の面が浮かぶと旅の楽しみが半減するからな」

と日頃は無口な広吉が庄太に笑い、

「違いない」

と二人の会話を聞いていた清蔵が応じた。

一行の荷が馬方の手で二頭の荷馬に上手に積まれ、

「ご案内申します」

と滝口空太が先頭に立った。

宗五郎が滝口と肩を並べ、本町の旅籠の前の東海道を箱根に向かって進み始めた。

六つ半（午前七時）の刻限だ。

箱根越えの旅人ならばもはや間の宿の畑宿《はた》辺りに差し掛かっている刻限だ。宗五郎一行の前後に見かけるのは湯治目当ての組ばかりで、足取りものんびりしていた。まず城下を抜ける東海道を上方見附口に向かう。

「親分、それがし、来春には江戸屋敷勤番が決まっており申す。その折り、金座裏にお邪魔をしてようござるか。なにしろ金流しの十手は東海道筋でも知れ渡っておりますからな。ぜひ見物に上がりたい」

滝口の魂胆は、どうやらこの辺にありかと宗五郎が陽《ひ》に焼けた顔に笑みを浮かべた。

「いつなりとお出でなせえ」

「そうか、ほんとうにお邪魔してようござるか」

「二言《にごん》はございませんよ」

「これで同輩に自慢ができそうだ」

と滝口は屈托がない。

二人の後ろからおえいの、

「小田原名物をなにも購《あがな》わなかったけど帰りに買えるかしら」

との声が聞こえた。すると振り向いた滝口が、

「お婆《ばば》どの、帰りにこの滝口に声をかけて下されば、小田原名物の数々紹介しますぞ。どこの店でも値引きさせてぼったくるような真似はさせません」

「お役人様、小田原の名物とはなんですね」

とお婆どのと呼ばれて憮然《ぶぜん》としたおえいに代わり、とせがさらに尋ねた。

「第一は京の都西洞院《にしのとういん》錦小路《にしきこうじ》に住む外良《ういろう》というものがこの小田原の地に参り、北条氏綱《うじつな》様に献上した胃腸、喉《のど》の薬、船酔いどめにもなる丸薬の外良ですぞ」

「薬ね、薬は軽いけど貰《もら》った人が喜ぶかね」

とせが首を傾げた。

「ならば小田原の名物の石はどうです」

「石って川原にごろごろしている石」

「いかにも」

「お役人、石は重すぎるわ」

「小田原石は江戸で井戸端に敷くとよいというので重宝されておりますがな。石も駄目か。でもご安心あれ、小田原には、ぽくり下駄に夢想枕、鰹《かつお》のたたきに梅干しとあれこれござるでな」

と滝口があれこれ品を挙げたとき、上方見附口に到着していた。

「おい、同輩、こちらは江戸で名高い金座裏の宗五郎親分一行だ。怪しいものではないでな、通らせて貰う」

滝口が同輩衆に声をかけた。

「滝口様、ご苦労にございます」

と六尺棒を持った小者が挨拶した。

「われら、荷馬を塔ノ沢までお借り致します。滝口様のお役目に遺漏《いろう》があってもなりませんや。来春江戸で金座裏をお訪ねなせえ」

宗五郎が見附口で別れる手筈で言い出した。

「宗五郎親分、箱根は大久保家の領内にござれば遠慮は無用じゃがな。旅籠でなにか粗相があってもならぬ。それがしが旅籠の主に一言がつんと申しておくとあとに扱いが違うがな」

「紅葉屋はうちの先代以来の宿にございましてな、その心配はございませんので」

「そうか、残念じゃな」

「金座裏でお会いしましょう」

「いや、帰りにこの滝口空太をお訪ね下され。お婆様に得心のいく土産《みやげ》をご紹介しますでな」

と名残りおしそうに言うと馬方に、

「よいな、紅葉屋に無事にお連れした上で滝口がくれぐれも粗略な扱いなど致してはならぬぞと厳しく言っておったと番頭に申し伝えるのじゃぞ」

と命じた。

「滝口様、わっしらはこれで」

宗五郎の挨拶をしおに一行は見附口の外に踏み出した。しばらく無言で足を運んでいたおえいが、

「あのお役人さんたら、私のことをお婆お婆と年寄り扱いをしておいでですよ。なんとも失礼千万な」

と松六に訴えた。

「婆さんや、私どもは立派過ぎるほどの爺《じい》に婆ですよ」

「そうかもしれませんが、他人様《ひとさま》にああお婆お婆と呼ばれると癪《しゃく》に障《さわ》ります」

「おえい様はまだお元気ですから、お気持ちは分かります」

しほが口を挟んだ。

「しほさん、おまえ様はよう分かっておられますな、ほんに失礼なお方でした」

おえいは未だ怒りが収まらぬ様子だった。

いつしか東海道は早川の流れを横目に箱根の山に向かって伸びて、行く手に湯煙が上がっているのが見えた。

へっへっへと庄太が思い出し笑いをして、

「あのお役人さん、うちのおかみさんに薬だ、石だ、下駄だ、枕だのを土産に勧めたぜ。名物かもしれないが土産にはな」

と小僧も首を捻《ひね》った。

「庄太さん、滝口様は私たちになんとか喜んでもらおうとあれこれと考えを出されたの。それを論《あげつら》うのはよくないわ」

「しほさん、ご免よ。そんな気じゃなかったんだがな」

「私の愚痴に庄太さんも乗せられましたかな」

おえいもすまなそうな顔をした。

風祭《かざまつり》の里を過ぎると街道筋に山駕籠が待っていた。

「ばあちゃんよ、箱根八里をこれから越えるかね。どうだ、駕籠にのらんかね。楽旅でいけるがよ」

と駕籠かきが声をかけた。

「ばあちゃんに違いはないが、見ず知らずのおまえ様にばあちゃん呼ばわりは許しません。わたしゃ、二本の足で塔ノ沢まで歩きます」

「おお、湯治旅かね。江戸の人は気が強いのう、気に障ったら許してくれや。だがよ、この先、わしらのように気のいい駕籠屋ばかりでないでな、気を付けなされ」

「本日のおえいにだれも逆らってはなりませんぞ。そのうち頭から火を吹きそうじゃからな」

と松六が笑った。

一行は早川のせせらぎを聞きながら歩を進めた。

「婆様、足がよろめいてござるぞ。それでは箱根の山は越えられめい。われが駕籠に乗んなされ。峠道をさ、雲に乗ったようにふわふわと運ぶでな」

おえいが山駕籠の駕籠かきをじろりと睨んだ。

「足なんぞよろめいておりませんぞ」

「おや、気が強いや。当人はそうでも三枚橋を渡れば石畳の山道だ。乗ったほうが安心じゃがね」

と立ち上がった駕籠かきが仲間を呼んで、

「ほれ、女衆が三人だぞ。木十《もくじゅう》、駕籠を持ってこいや」

と強引に乗せようとした。すると左官の広吉が、

「兄さん方、やめておいたほうがいいな」

「おや、手代さん、こっちは親切心で申し上げているんだぜ」

「江戸じゃあ、そんな商売は通らないよ」

「江戸じゃあねえ、ここは箱根の入口だ」

「おまえさん方、ご一行の頭分がだれかと聞いても、それでも道の真ん中で通せんぼをするつもりか」

「ほう、頭分たあ、どやつだ」

「客にあぶれたからって酒手《さかて》を稼ごうという魂胆はいけねえな」

宗五郎が笑いかけた。金流しの十手こそ背に差し込んでないが、長年の御用聞きの貫禄《かんろく》が相手を威圧した。それでも駕籠かきが言った。

「おまえがご一行の先達か」

「いかにもさよう」

宗五郎はただにこにこと笑っているだけだ。

「駕籠かきの兄さん方、このお方、江戸の御城近くの金座裏に徳川幕府開闢以来金流しの十手を預かる九代目の宗五郎親分だぜ。最前まで大久保様のご家来が道案内を願ったほどのお方だ。それでも悪さを続けるか」

と広吉が静かに啖呵《たんか》を切った。

「なにっ、御用聞きの親分だって。こりゃ、お見それ致しました」

と駕籠かきたちが街道の並木道の陰にこそこそと逃げていった。

「さすがに金座裏の金流しの親分の名は箱根まで知れ渡っていますよ。出るなら出るで、今少し手ごたえのある手合いがようございましたな」

清蔵が物足りなさそうな顔をした。

「おや、斬った張ったは忘れましょうと申されたのはどなたでしたかな」

と松六が笑った。

「そうでした、そうでした。ほれ、庄太、あそこに見えてきたのが東海道と塔ノ沢道の分岐の三枚橋ですよ。私どもは橋を渡らずにまっすぐに進みますでな」

と照れ隠しで清蔵が先頭に立った。

塔ノ沢の湯は江戸の始めに早川の岩場から沁み出ているのが発見されて以来、百年を経ずして元湯、一湯、せとの湯などと十二、三の湯壺が増えて繁盛の湯治場になり、箱根七湯の一つに数えられるようになった。

金座裏の先代宗五郎以来の馴染みの紅葉屋は、早川の流れの岸辺にあるために塔ノ沢道から吊《っ》り橋が対岸にかかり、宗五郎や隠居組は揺れる吊り橋に悲鳴を上げながらも渡り切った。その後を荷馬の荷を吊り橋の手前で下ろして松坂屋の手代忠三郎、広吉、庄太の三人の男衆が運んだ。

最後に残ったしほが馬方に酒手を渡して、

「ご苦労さまでした。滝口様にお陰様で無事に塔ノ沢の湯に辿り着きましたとお伝え下さい」

「わっしらが紅葉屋に挨拶する要はなさそうだね、親分とは入魂《じっこん》の様子じゃもの」

馬方たちが言うと小田原城下に引き返していった。

四半刻後、おえい、とせ、おみつ、しほの四人は早川の流れの岸辺にある露天風呂に身を浸していた。

「江戸から四夜重ねてようやく箱根塔ノ沢の湯に着きましたよ」

とおえいが無色透明の湯に身を曝《さら》して、

「長生きはするものです」

と感慨深そうに呟《つぶや》いたものだ。

「ご隠居、湯治は始まったばかりですよ」

と呟きに応じたとせが、

「塔ノ沢の湯の効能を承知かね」

としほに尋ねた。

「宿の女衆に尋ねましたところ、神経痛、筋肉痛、五十肩、冷え症と効くそうです」

「おや、そりゃ、私にぴったりの湯だよ」

おみつが満足げに湯に五体を浸けて、和やかな表情をした。三人の女たちの顔を見ながら思わずしほは、

「私、幸せ者です」

と呟いた。

「どうしてだい」

おみつが尋ね返した。

「鎌倉河岸裏に住まいしなければ、このような幸せは巡ってはきませんでした」

「親父《おやじ》様が亡くなられて何年かね」

賭《か》け碁で生計を立てていたしほの父親江富文之進《えとみぶんのしん》（村上田之助《むらかみたのすけ》）は橘《たちばな》の鉢を巡り、争いになり市川金之丞《いちかわきんのじょう》に殺された。

「おっ義母さん、あれは寛政九年の二月のことにございました。そろそろ五年が巡って参ります」

「来年の白酒の季節は、親父様の七回忌だよ。うちで法事をやろうかね」

とおみつが言い、しほはこの五年余りの変転を改めて思い起こした。

（すべて私の幸せは父上の死から始まっている）

父上の墓参りに川越に行かなきゃあと湯に身を浸しながら、しほは胸中で思っていた。

四人の女の顔を早川の流れを伝う冬の風が撫《な》でていった。だが、湯に身を浸す女たちにはそれがなんとも心地よい風に感じた。

第二話　浪速疾風《なにわはやて》のお頭

一

政次《せいじ》らが町廻《まちまわ》りから金座《きんざ》裏《うら》に戻ってきた夕刻、ちょうど金座裏の格子戸から室町《むろまち》の飛脚《ひきやく》問屋十の字の男衆が姿を見せて、

「若親分、小田原から親分の文《ふみ》を届けたところだぜ」

と知らせた。

「ご苦労でしたね、安《やす》さん」

と政次が丁寧に応じ、

「おお、やっぱり亮吉《りようきち》がいないと寂しいから駆け付けてこいって知らせじゃねえか。おりゃ、最初からそうなると思っていたんだ。おれ、夜旅でもいいや」

と亮吉が都合のいいことを考えて口にした。

「亮吉、おまえ、いつまで未練げなことを考えているんだ。小田原に無事到着なされ

たという知らせだよ」

「常丸《つねまる》兄い、それだけか。これから箱根の山に入るから急いで来いって催促の文じゃねえか」

違う違うと伝次《でんじ》が笑った。

「伝次、おまえに親分のお気持ちが分かるわけがねえや。見てろ、文を披《ひら》いて驚いたって遅いぞ」

亮吉が格子戸の奥へ飛び込んでいった。

「あいつ、大人になりきれねえな。ほんとうに若親分と生まれが一緒なのか」

「常丸兄さん、生まれは同じ長屋でも育ちが違うとこうなるんですよ」

と伝次が答えて政次らも亮吉に続いた。

「お帰りなさい、若親分」

台所を仕切る女衆の番頭格おたつが迎えた。

「ただ今戻りました」

と政次はだれにも丁寧だ。まるで御用聞きらしい風はないが、政次は変える気はさらさらない。

居間に向かうと主《あるじ》のいない長火鉢の傍らに八百亀《やおかめ》が控えていた。そして、稲荷《いなり》の正《しょう》太《た》、だんご屋の三喜松《みきまつ》の兄貴分が手先が控える座敷で将棋盤を前に暇つぶしをしていた。どうやら八百亀の組の町廻りも変事はないらしい、と政次は判断した。

「親分から部厚い手紙が届いていますぜ。どなたか、加減を悪くしたかね」

八百亀が案じ顔で神棚に置かれた手紙を見た。

「亮吉は自分が呼び出された文だと言ってますがね」

「おまえは未《ま》だそんなことを考えているのか、御用をしっかり務めろ。そうすりゃそんな考えなんぞ頭に浮かぶ筈《はず》がねえ」

八百亀がそわそわした亮吉を睨《にら》んだ。

「八百亀の兄さん、もしそうだったら、おりゃこの足で六郷の渡し場に走るよ」

「ああ、走れ走れ。もう渡しは終わっていらあ。六郷の流れで頭を冷やしてこい」

八百亀は相手にせず、政次の銀のなえしを抜いて三方《さんぽう》に置かれた金流しの十手《じって》の傍らになえしをおく仕草を見ながら、

(若親分、金座裏の仕草が段々と身についてきなさった。この分だといつ十代目を継ぎなさってもいいな)

と考えていた。

政次は政次で道中前夜の宗五郎《そうごろう》との会話を思い出していた。

「道中、なにがあってもいけません。十手をお持ちになりませんか」

と宗五郎に願ったが、

「湯治に行くんだ、温泉場まで重い金流しの十手を携《たずさ》えたんじゃ御用旅か湯治旅かわかりゃしない。金流しはおいていこう。おれの身になんぞあれば政次、おめえが金流しの主だぜ」

金座裏に代々伝わる長十手を神棚に残し、その代わり手形代わりに短十手を携帯した。

政次は神棚に柏手を打って親分一行が無事でありますようにと心の中で祈った。そして、八百亀が部厚いといった手紙を摑《つか》んだ。油紙に包まれて麻紐《あさひも》で十字に結ばれた手紙はたしかに大部だった。

政次が長火鉢の小引出しから鋏《はさみ》を出して結び目を切り、油紙を解くとようやく封書が現れた。そして、封書の傍らに長細く折られた紙片が何枚か見えて、しほの手らしい絵が透けて見えた。

「旅の絵日記を飛脚便に托《たく》して送ってこられたのかね」

と八百亀も政次の手元を覗《のぞ》き込み、将棋を中断した稲荷の正太ら手先も集まってきた。

政次が丁寧に折られた紙片をまず開くと、彩色された武芸者風の武士が姿を見せ、右端上に、

「押込み強盗浪速疾風《なにわはやて》一味　頭分酒江貞政《しゅこうさだまさ》の人相描き」

と書き込まれてあった。

紙片は画帳の一部だったのだ。

「しほさんたら手配書にあった押込み野郎と出くわしたのか」

亮吉が素《す》っ頓狂《とんきょう》な声を上げた。

政次は、しほが描いた数枚の人相描きを広げて一同の前に置き、宗五郎の手紙の封を披いた。

「一筆急ぎ認《したた》め候《そうろう》。われら一行、だれ一人として落後者もなく元気にて小田原城下の旅籠《はたご》中清水屋に投宿し候。明日はお山、まずは塔ノ沢の湯に到着するは確かに候ゆえご安心下されたく各位様にお知らせ下されたく願い候。

さて、小田原城下を前に小淘綾浜《こゆるぎのはま》を望む西行上人ゆかりの鴫立庵《しぎたつあん》にてしほが上方《かみがた》を逃れた押込み疾風一味の頭目、浪速疾風組の貞政こと酒江貞政と偶然にも顔を合わせし一事、小田原藩大久保家の町奉行所役人衆にその旨を届け候」

「おっ魂消《たまげ》たぜ、しほさん、なんでそんな悪人と出くわすんだ」

と亮吉が口を挟んだ。

「政次どの、しほが画帳の端に描き残していた素描から旅籠で描き直し、彩色した人相描きを同梱《どうこん》申し候。その仔細《しさい》は………」

と小田原城下の米問屋に押し入った経緯が克明に描き記されてあった。そして、最後に、

「………しほが酒江貞政を見かけたのも金座裏の嫁の宿命なら旅の徒然《つれづれ》にその風貌《ふうぼう》を描き残していたのもさだめ、どうも私ども湯治旅にても御用聞きの務めを忘れられぬと密《ひそ》かに苦笑し候。この一味、目指すは江戸と思われるゆえ、しほが描いた人相描きを送りし次第。一枚は寺坂《てらさか》毅一郎《いちろう》様に届けて下されたくお願い申し候。さて明日からは浮世の俗事を忘れて湯治三昧《ざんまい》の日々を過ごす所存にて御用が事宜《よろ》しくお願い申し上げ候」

と政次が宗五郎の文を読み上げた。

「若親分、手紙はそれだけか」

「亮吉、なんぞ他にあるのか」

「若親分、そんな意地悪言わなくてもいいじゃないか。亮吉、箱根に急ぎ参れとかなんとかないか」

「馬鹿野郎、親分方は旅に出られてもこうして金座裏のことを案じて手紙と人相描きまで送ってこられたんだ。いつまで餓鬼気分で浮かれているんだ」

と八百亀に怒鳴りつけられて亮吉がしゅんとした。

「亮吉、八百亀の兄さんの言われるとおりだよ。手紙を聞いて承知したろうが江戸に凶悪な押込み強盗一味が潜入しようとしているんだ。親分としほがこうして知らせてきたのは金座裏がなんとしてもお縄にしろと命じておられるのです。なにがなんでも金座裏がこの一味をお縄にするからね」

と政次にも厳しい口調で言われ、いよいよ亮吉が身を縮めた。それを見た政次が、

「亮吉、この一枚を急ぎ寺坂毅一郎様に届けておくれ。親分の記された文面は承知だね」

「若親分、すまねえ。ついおれの名がないかと聞き流してしまった」

「馬鹿たれが」

八百亀にまた怒鳴られ、亮吉はいよいよ身の置き場がなくなった。

「若親分、おれが亮吉に同行しよう」

と常丸が言い出し、

「頼む」

と政次が彩色された人相描きを渡した。

「酒江貞政って剣術遣いが頭目の一味、江戸を目指しておるのでございますかえ」

と伝次がだれとなく聞いた。

「上方で食い詰めた連中だ。在所に潜りこんでも直《す》ぐに怪しまれよう。となると百万人が暮らす江戸しかこやつらが身を隠す都はあるまい」

と八百亀が答えた。

その時、格子戸が開く音がして、亮吉の声が響き渡った。

「寺坂様をお連れ致しましたぜ、若親分」

政次は八百亀と顔を見合った。

「奉行所の戻りに一石《いちこく》橋辺りで出くわしたかね」

八百亀が言うところに寺坂が姿を見せた。

「小田原でしほさんが疾風一味の親玉を見たって」

「そうらしゅうございます」

と政次が宗五郎の手紙を寺坂に差し出した。その文を二度ほど読み返した寺坂が、

「こいつはなにがなんでも金座裏がお縄にしねえと湯治に行かれた親分としほさんに面目が立たないな」

と厳しい声で言った。そして、しほの描いた人相描きを行灯《あんどん》の明かりで見た寺坂毅一郎が腕組みして考え込んだ。

「どうしたものか、若親分」

「三島、小田原でひと稼ぎした連中が一気に江戸に入り込んだかどうか」

「おれは小田原から江戸に伝わる事件が鎮まってから江戸に潜り込んでくると見ているがね」

寺坂が大久保家から江戸町奉行所にもたらされた浪速疾風一味の城下米問屋襲撃の手配書を懐から出して政次に見せた。米屋での凶行は丁寧に書いてあったが、肝心の一味の頭分の人相描きはなしで、大坂奉行所から伝えられた情報以上のものはなかった。

「しほさんの人相描き一枚が、大坂奉行所や大久保家の手配書きよりずっと役に立つ。こいつを生かさない手はない」

「いかにもさようです」

と答える政次の傍らから亮吉が、

「金座裏とさ、寺坂様がしほさんの描いた人相描きを懐にしていれば嫌でもわっしらがお縄に出来るんじゃございませんか」

と言い出した。

「亮吉、うちがどうのこうのという話ではないよ。こやつらに江戸で血を流させてはいけないんだ。そこが大事なんだ」

「そこが肝心なとこだ」

寺坂も政次の考えに賛意を示した。

「寺坂様、しほの絵を参考に版木職人に彫らせ、奴らが潜り込む前に酒江貞政の人相描きを江戸じゅうに張り出すというのはいかがにございますか」

「金座裏の手柄にならないよ」

「亮吉、手柄なんて忘れるんだ。あいつらに江戸の取り締まりは厳しいと思わせることが肝心なんだよ」

と政次が言い切った。

「若親分、うちばかりではなく南町奉行所にもしほさんの人相描きを提供しようという算段か」

「いけませんか、寺坂様」

ううーん、と寺坂が唸《うな》った。しばし沈黙の後、

「こいつばかりはうちの奉行がうんと言わなければならない話だぜ。同心風情でどう

なるというものでもない」


「小田切《おだぎり》様を説得するしかございますまい」

「そいつが出来るのはわれら与力同心ではない。宗五郎親分が江戸にいれば、これは親分の役目だな」

と寺坂が政次を見た。

「私では荷が重すぎます」

「だが、おまえさんと親分は過日の八丁堀の騒ぎの折り、内々に働いて南町の根岸肥《ねぎしひ》前守鎮衛《ぜんのかみしずもり》様に大きな貸しを作り、うちの小田切様の面目を施したからな」

と寺坂が言った。

八丁堀の騒ぎとは南町奉行所の硝石会所見廻り与力須藤吉五郎《すどうきちごろう》が酒毒に侵されて家族を斬り殺し、火付けをした事件のことだ。それは八丁堀の役宅に役目を利用して密かに持ち込んだ硝石で作った火薬にも引火した。

酒乱で家族を殺害した騒ぎもさることながら、こともあろうに火薬を御城近くの役宅に隠匿していた罪は重大であった。またこの騒ぎの中、用人ら奉公人が須藤家の貯め込んだ金子《きんす》を何百両と盗み出して、用人の妾宅《しょうたく》に逃げていた。

主が主なら奉公人も奉公人だ。

当然南町奉行根岸鎮衛に責任がおよぶ一件だった。

奉行職を辞職して済む話ではない。根岸家は御家断絶、身は切腹も考えられた。

根岸は北町と関わりが深い金座裏の宗五郎と政次にこの騒ぎの決着方を願った。

それに応《こた》えて宗五郎は真相を知る用人らを金流しの十手で始末して根岸奉行の身を守ったのだ。ために小田切が大いに面目を施してもいた。

寺坂はこのことを言っていた。

「寺坂様が申されるとおり、親分は江戸を留守にしております」

「だから、その役目はおまえさんの役目なんだよ」

「荷が重過ぎます」

「荷が重過ぎようとなんだろうと言い出したのは若親分、おまえさんだぜ。酒江貞政一味の先手を打ってこやつの人相描きを江戸じゅうに張り出し、疾風一味の江戸潜入を牽制《けんせい》する。だが、上方を追われた一味の逃げ込む先はこの江戸しかない。たしかにしほさんが描いた絵は酒江貞政にとって、どえらい先手攻撃なんだからな」

「どうすれば宜しゅうございますか」

「筆頭与力新堂《しんどう》様に会う手筈は整える。若親分、まず新堂様に奉行小田切様への面会を願え」

と寺坂が命じた。

政次は腹を括《くく》るしかない。

金座裏は一介の御用聞きではない。三代将軍家光のお許し以来の金流しの十手の家系だ。時に十手を振り回すばかりではなく、政治力を発揮することも要った。未だ政次が九代目宗五郎の足元にも及ばないのがこの政治力の駆使だ。だが、宗五郎が政次に金座裏を託して江戸を留守にしている以上、政次が負わざるをえない役目だった。

「お願い申します」

政次は宗五郎が残した神棚の金流しの十手を両手で捧《ささ》げ持って下げると、後ろ帯に斜めに差し込んだ。

宗五郎は金流しの十手を金座裏に残すことについてなにも触れなかった。だが、その意図は明白だった。なんぞあれば金流しの十手の威光を跡継ぎの政次が利せよという無言の申し伝えだった。

これで政次の気持ちが定まり、覚悟がなった。

懐に宗五郎の手紙としほの人相描きを入れて、寺坂毅一郎に同道し、金座裏から北町奉行所に向かった。

夕闇《ゆうやみ》に包まれた御堀端は本格的な冬の到来を思わせる冷たい風が吹いていた。

「箱根は雪だぜ」

と寺坂が呟《つぶや》いた。その呟きを聞きながら政次は、宗五郎の代役をなんとしても務めねば金座裏の役目は果たせないと考えていた。

寺坂は、政次を筆頭与力新堂宇左衛門《うざえもん》の御用部屋に連れていった。するとそこには宇左衛門の倅《せがれ》の孝一郎《こういちろう》が父の書類読みを手伝っていた。見習い与力から本勤与力に昇格し、父の仕事を手伝っていた。

「おお、金座裏の若親分ではないか」

「ご無沙汰《ぶさた》しております」

政次が廊下に座して挨拶《あいさつ》すると孝一郎がにこにこと笑いかけた。

「孝一郎様、お役目ご苦労に存じます」

「父の手伝い、他人様《ひとさま》に仕《つか》えるより神経を使います」

と苦笑いしたが、その表情には余裕が見られた。

この二人、縁があった。

八丁堀で幼い頃から神童と評判だった孝一郎が木場の三五郎というやくざ者の策略により、阿片《アヘン》を常用するようになったという危機があった。このとき、宗五郎と政次が表ざたにならぬように孝一郎を某所に連れ込んだ上、解毒させて心身共に立ち直らせたのであった。

「政次どの、今宵《こよい》はなんですね」

孝一郎が磊落《らいらく》な口調で問う顔には阿片中毒の影など微塵《みじん》も残っていなかった。

政次は懐から手紙としほが描いた人相描きを出すと二人に見せ、寺坂が事情を告げた。

「この人相描きを江戸じゅうに張り出すというのか。いささか大胆な手よのう」

「新堂様、酒江貞政なる頭分、剣の遣い手の上に性情残忍にございますそうな。奉行所の面子《メンツ》より江戸市中で血を流させない、命を落とさせないことが大事かと存じます」

宇左衛門も沈思した。

「父上、政次若親分の言われること賢明な策かと存じます。お奉行にお願いして下さいませ、孝一郎からもお頼み申します」

と孝一郎が口添えして、

「よし、願ってみよう。政次、それがしと同道致せ」

新堂宇左衛門が政次に命じた。

半刻後、寺坂毅一郎、新堂孝一郎、それに政次の三人は十軒店《じっけんだな》の裏長屋に住む彫師彫美《ほりよし》こと美五郎《よしごろう》を訪ねていた。

美五郎は浮世絵の彫師だが、修業時代から北町奉行所と縁があって重要な人相描きの彫りは出世した今も快く受けてくれた。

しほの絵を見た美五郎が、

「金座裏の嫁様はなかなかの絵師と聞いたが、なかなかどころじゃございませんな。こりゃ、修業も重ねられたろうが絵心を親御様から受け継いでございますよ、天性のものにございますよ。なにより絵師のかたちばかりの技に染まってないのがようございますね」

と見入って褒めてくれた。

「ようがす、明日の朝までになんとしてもこさえます。一色じゃなく三、四色加えるとこやつの面構《つらがま》えが再現できましょう、酒江貞政の野郎が震えあがりますぜ」

「頼む」

と三人は徹夜で彫り掛かるという美五郎の長屋を出た。

二

政次は、新堂孝一郎と寺坂毅一郎を鎌倉河岸の豊島屋《としまや》に誘った。二人して未だ夕餉《ゆうげ》前というのを承知していたからだ。

清蔵《せいぞう》や小僧の庄太《しょうた》がいなくても店はいつものように賑《にぎ》わっていた。だが、居るべき人がいないのはなにか物足りないようで客たちも銘々が勝手に酒を飲んでいた。

「あれ、この時刻に若親分が姿を見せたぞ。しほちゃんの留守に羽を伸ばそうという算段か」

兄弟駕籠《かご》屋の弟のお喋《しゃべ》り繁三《しげぞう》が政次に酔眼を向けたが、後ろから与力と同心が連れ立って入ってきたのを見て、

「なんだ、豊島屋に手入れか」

と首を竦《すく》めた。

「繁三さん、町方《まちかた》だって時に酒を飲みたくなることがございますよ」

政次は孝一郎と寺坂を小上がりに案内した。

豊島屋の番頭の桐蔵《きりぞう》が御用を伺いにきて、

「夜になってめっきり冷え込んできました。箱根のお山は白いものがちらついている

んじゃございませんか」

「桐蔵さん、いかにも雪かもしれませんね」

　政次が丁寧に答えて、

「ご隠居と小僧さんが欠けたお店はやはり寂しいものですね」

「お客様方も入ってこられてちらりとこちらを見られ、おや、ご隠居はと聞かれます」

「だからよ、ご隠居は無駄にお店に鎮座していんじゃないということだよ」

　と自分の徳利を提げた繁三が二人の会話に入り込んでこようとした。

「繁三さん、おまえさんの席はあちらですよ。若親分方はお話があるのです」

「番頭さん、そうか。政次さんは酒を飲みにきたといったぜ」

　と言い募《つの》ったが番頭が繁三を兄貴の梅吉《うめきち》の席に追い戻し、女衆が名物の田楽《でんがく》と酒を運んできた。

　政次が徳利を摑んで寺坂毅一郎から酌をした。むろん新堂孝一郎のほうが身分は上だ。だが、孝一郎は見習いがようやくとれた新米与力、寺坂毅一郎は働き盛りの同心の上に折りに触れて、孝一郎を現場に連れ出して経験を積ませていることを政次は承知していた。だから、二人は身分の差は別にして、師弟の間柄といえなくもない。そんなわけで政次は寺坂に酌をして、次いで孝一郎の盃《さかずき》を満たした。

「若親分、それがしに注《つ》がせてくれぬか。あの折りは若親分にひとかたならぬ世話になった。政次さんなくばただ今のそれがしはない」

と言いながら政次から徳利を取り上げた。

「そのようなこともございましたか」

とさらりと受けた政次に寺坂が、

「若親分の英断でしほさんが描いた人相描きが江戸じゅうに張り出されることになったが、親分としほさんの気持ちに応えるためには若親分の手で酒江貞政って剣術遣いくずれをお縄にしなきゃあなるめえ」

「寺坂様、そう都合よくはいきますまい。ともかくだれがお縄にしようと江戸で外道《げどう》働きをさせないことが肝心にございますよ」

「それはそうだがね、なんぞひと工夫をせねばなるまいぜ」

「寺坂様、なんぞお知恵はございませんか」

「酒江って野郎が江戸に地縁でもあれば張り込むのだが、生憎《あいにく》手がかりがなにもないと聞いている。広いお江戸に網を張るわけにはいくまいし、どうしたものかね」

と寺坂は思案投げ首の体《てい》だった。

「若親分、此度の一件、それがしにも手伝わせてくれませぬか」

　と孝一郎が言い出した。

「それは心強いことです」

「親分が留守とはいえ金座裏に手が揃《そろ》っているのは承知だが、それがしにも汗を掻《か》せてくれぬか」

「親父《おやじ》様の新堂様がなんと申されましょうか」

「若親分、それがしとて偶《たま》には親父の顔の見えぬところで奉公がしたい。いや、昔のように放埒《ほうらつ》に走るというのではないぞ」

「孝一郎様、そのようなことはだれも考えておりませんよ」

　と答えた政次が寺坂を見た。

「若い内に現場を踏み、経験を重ねるのは与力にも大事なことだ。それがしからも新堂様にお願いしてみよう」

　と寺坂が請け合い、酒江貞政一味捕縛にむけて、新堂孝一郎が金座裏に加わることになった。


　箱根山中塔ノ沢の湯では十人がお膳を並べて賑やかな夕餉が終わった。

その時、旅籠の番頭が、

「女衆がいうには親分さんにお客がいるそうな」

と訪問者の到来を告げた。

「だれですね、こんな刻限」

清蔵が訝《いぶか》しい顔をしたが番頭も事情を飲みこめていないようだった。

「まさか亮吉兄さんと違うよね」

と小僧の庄太が呟いた。

「まさか、あいつがいくら調子もんだからと言ってそんな馬鹿はしますまい」

おみつが応じたが、どことなく不安げだった。

「出よう」

宗五郎が座敷から廊下に出ると玄関に向かった。

人が大勢いて火の気がある座敷に寒さは感じなかったが、廊下には冬の寒さがあった。それが宗五郎の酔いをすいっと醒《さ》ましていく。

「なんですね、滝口《たきぐち》の旦那にございましたか」

湯治宿の番頭が蓑《みの》に菅笠《すげがさ》をかぶった滝口を見ていった。馴染《なじ》みの顔のようだった。

蓑にも笠にもうっすらと雪がついていた。いつしか雪が降り出したようだ。

玄関土間の囲炉裏端《いろりばた》にいたのは大久保家町奉行所同心滝口空太《そらた》だった。片手に茶碗を持っていた。湯気が立ってないところを見ると宿から供された酒か、と宗五郎は推測した。

「滝口様、どうなされました」

「おお、金座裏の親分どの。湯治はいかがか」

「そりゃもう何年も長生きできる気分ですよ」

「なによりなにより」

茶碗の酒をくいっと飲んだ滝口に宗五郎が問うた。

「箱根の山に上がってこられた御用はなんですね」

「おお、それだ。小淘綾浜で浪速疾風一味らしき二人を捕らえたと申しましたな。あやつらの尋問を続けますと一人の者が、奇妙なことを耳にしておりましてな、酒江貞政が城下で押し入った米問屋足柄屋《あしがらや》からばらばらに逃げる時、腹心の井村弦八郎《いむらげんぱちろう》に『七福神じゃぞ』と叫んだそうな。すると『お頭、合点だ』と叫び返したというのです。われらは江戸の再集合場所ではないかと考えたのじゃがな、どうであろうか」

「すると小田原城下を逃げた面々は、鳴立庵に集まるのではなく各々《おのおの》が散らばって江戸に潜入することを前もって話し合っていたのではないかと申されるのですな」

「捕まった二人は、新参者ゆえ小田原城から逃れるときに方向を見失い、浜に出て漁《いさ》り舟を探して小淘綾浜に上がったところを同輩の手に落ちたのだ」

「円位堂裏の納屋には何人かが飲み食いした痕跡《こんせき》があったと申されませんでしたか」

「一味が一人ひとり散って江戸入りするのではなく、頭分の酒江組と腹心の井村組、二組に分かれて江戸入りではないかと推測したのだがな。となると納屋の飲み食いの跡も説明がつく」

「なぜ新入りの二人だけで行動していたのでございましょうか」

足手まといと考えたか、と応じた滝口が、

「この者たちが聞かされていたのは小田原でひと働きの後は江戸に稼ぎの場所を移す。ばらばらになるようなことがあれば、江戸に出て御城ちかくの一番賑やかな橋際に立っておれ、さすればこちらから見つけると井村に聞かされていただけなんじゃそうな。一言で江戸と申しても広いがのう」

と滝口空太が呆《あき》れ顔で言った。

「江戸に出て一番賑やかな橋際に立っておれ、ただそれだけですか」

「それだけらしい」

「その二人、どこで一味に加わったのでございますな」

「名古屋城下で拾われたと申しておる。なんでも手下二人が黙って一味を抜けたとか、それで拾われたようで一味の内情をよく知らされておらぬようじゃ」

「滝口様は、このことをわっしに知らせに塔ノ沢まで参られましたか」

「余計なことであったかのう」

「とんでもございません。滝口様のお心遣い、宗五郎痛み入ります」

と礼を述べ、

「このこと江戸に知らせてようございますか」

「上役にも断ってあるでな、かまわぬ。親分が手紙を認めるならばそれがし、手紙を書きあがるのを待って城下に戻り、明朝一番に飛脚問屋に参り、金座裏に送る手続きを致そう」

と滝口が親切にも言い出した。

宗五郎はしばし考えに落ちたあと、聞いた。

「これから城下に戻られるのですね」

「いかにも塔ノ沢から城下など酔いが醒めぬうちに歩き着くでな」

「滝口様、わっしも同道して滝口様の上役にあれこれとお願い申します。この件、いかがですか」

「金座裏の親分が同道してくれるか、なんだか知らぬがご苦労じゃな」

と滝口があっさりと応じた。

宗五郎にはいささか思案があったのだ。

四半刻後、滝口に同道して宗五郎、広吉《こうきち》の二人が塔ノ沢の湯から小田原城下を目指していた。

広吉の持つ提灯《ちょうちん》の灯《あか》りに雪が舞うのが浮かんだ。

「親分、山の上は別にして、この辺りでは初雪じゃぞ」

「寒い中、ようも塔ノ沢まで足を伸ばして頂きました」

「なあに町奉行所支配下は夜討ち朝駈《が》けが日常茶飯事であろう」

「お互いに因果な商売にございますよ」

「いかにもいかにも」

宗五郎らは、一刻足らずで雪道を小田原まで下った。

江戸町奉行所の威容はないが大久保家の町奉行所は大手門近くにこぢんまりとあって、さすがに門は閉じられていたが、通用門を潜《くぐ》り、滝口に案内されて不審番方の御用部屋を訪ねると与力初音《はつね》仁五郎《じんごろう》が控えていた。

「初音様、金座裏の宗五郎親分を同道して参りました」

と滝口が口添えした。すると初老の初音が目を細めて宗五郎を見た。

「お初にお目にかかります。江戸で御用を承っております宗五郎にございます」

宗五郎が廊下に座して挨拶すると、

「なに、湯治場から下りてきなさったか。因果な性分よのう」

とこちらも驚きの顔をした。

「酒江貞政なる頭分、あちらこちらで外道働きを重ねてきた極悪人と見ました。公方《くぼう》様のおひざ元でなんとしてもこやつに新たな血を流させたくはございません。それでいささかお願いの筋がございまして、伺いました。小田原領内で捕まった二人にこの宗五郎が会うことは叶《かな》いませぬか」

「尋問をしようというのか」

「へえ」

「一味の新参者、未だ信頼がなかったゆえ多くのことは聞かされておらぬぞ」

「へえ、こちら様の尋問が十分に行われたことは承知にございます。酒江貞政なるものの気性、性癖などを知りたいのでございますよ」

「よかろう。小物ゆえうちでも正直持てあましておる」

と初音が宗五郎の牢問いを許してくれた。

奉行所内の牢はしんしんとした寒気が支配して、外の寒さに慣れた宗五郎をも身震いさせたほどだ。

「肥州《ひしゅう》浪人高田《たかだ》小《こ》三郎《さぶろう》、備州《びしゅう》浪人橋本大之進《はしもとだいのしん》」

と滝口が呼ばわり、強盗《がんどう》提灯を格子の外から照射した。すると薄い布団を被《かぶ》った二人の浪人ががたがたと震えていた。二人は寒さで寝られないのであろう、役人の訪《おとな》いをどことなく歓迎する風があった。

「出ませえ」

と滝口の命《めい》で二人がごそごそと夜具から這《は》いずり出て格子戸の前にきた。

「一人ずつじゃぞ」

と滝口が命じて橋本大之進から屈《かが》んで牢の出口を潜った。

名前は大之進だが身丈はせいぜい五尺二、三寸か。一方、高田小三郎のほうは六尺を優に超えた巨漢であった。

宗五郎は二人が体にも顔にも血生臭さや殺伐とした雰囲気に染まったところがないことを見てとった。長年の御用聞き稼業で一目見れば、その者がどれほどの無法や殺しを重ねたか、およそ推量がついた。

初音が陣取る大火鉢の傍らに二人を呼び寄せ、宗五郎自ら鉄瓶の湯を茶碗に注いで、

「お飲みなせえ、震えが止まりましょう」

と渡した。

二人が宗五郎の顔を見て、よいのかという表情を見せた。

「わっしは江戸で御用聞きを代々務めてきた金座裏の宗五郎と申します。ちょいと箱根に御用がございましてな、小田原城下を通過した折り、浪速疾風一味の急ぎ働きを耳にしましたんでございますよ。それで大久保様のご家中《かちゅう》に願って面会の機会を作ってもらったんでさ。逃げた酒江貞政一味が江戸に潜入することは分かっておりますのでな」

宗五郎は湯治とは言わず御用と嘘《うそ》をついた。

さ湯を一口飲んだ高田小三郎が、

「われら、名古屋を出るとき、一味の者に誘われて仲間に入った。確かに三島と小田原城下で押込みを働いたが、われらは見張りでな、中の様子は全く与《あずか》り知らぬ。まさか一味が極悪非道な押込み強盗とは知らなかったのだ」

「で、ございましょうな。そなた様方の顔付きを見るとなんとのう、察しはつきます」

「であろう、親分」

高田は宗五郎の応対に望みが生じたという顔で答えた。

「ですが、一日であれ酒江一味に加わったとあれば罪、白洲《しらす》のお裁きを受けねばなりませぬ」

やはりさようか、橋本大之進が無精髭《ぶしょうひげ》の生えた顔に絶望の色を滲《にじ》ませた。

「おまえ様方は、名古屋から小田原への道中泊まりを重ねてきたわけでございましょう」

「旅籠に泊まったのはわずか一日か二日、あとは街道端のあばら家やら地蔵堂であった」

「酒江貞政なる頭目はいかなる人物にございますな」

「心形刀流《しんぎょうとう》の腕前は本物だ」

と高田小三郎が言った。

「仲間に加わるためにまず木刀でお頭との試しをさせられる。われらが試しを受けたとき、他に三人の剣術家がおった。その三人が次々にお頭の一撃をくらって血へどを吐いたり、腕を折られたりして悶絶《もんぜつ》した。われらは震え上がったが立ち合うしか生き延びる道はない。必死でお頭の片手殴りの攻めを受けた、それがしも橋本氏もなんとかお頭の攻めに耐えたでな、仲間に加えられたのだ」

「それがし、それなりに腕に自信があったが、酒江貞政のお頭は格段の遣い手だ。それにすべてやることが素早い、人を斬るに躊躇《ためら》いなどない。島田宿で酒を飲んだ折り、お頭に口答えした村林 某《むらばやしなにがし》がお頭に喉元《のどもと》を刺し貫かれて始末された。疾風とはお頭の決断の素早さを表したものじゃそうな。あやつは人間ではないぞ」

橋本大之進が言い切った。

「半年は見習い下働き、報酬はなしと言われた」

と高田小三郎が言い添えた。

「われら、最前も申したが、三島とこの小田原城下の米問屋に押し入る際に見張りをしただけだ。それ以上の悪いことは天地神明に誓い、しておらぬ」

「高田様、浪速疾風一味は金子に困っておりましたか」

「上方で稼ぎ溜《た》めた金の大半はお頭が預かり、京のどこぞの寺に隠してきたそうな。ほとぼりが冷めた頃、出して分配するそうでござる。ために手下は酒江の下を離れることができぬのだ」

「村林某は、江戸での稼ぎはその場で分けてほしいと願ってあっさりと殺されたのだ」

宗五郎が尋問もせぬのに口々に言った。助かりたい一心なのであろう。

「井村なる腹心にちりぢりに逃げたときは江戸で一番賑やかな橋の袂《たもと》に立っておれ、必ずや見付けると言われたそうな」

「いや、最初に言われたのは押込みの直前であった」

そうそう、と高田小三郎が橋本の言葉に首肯《しゅこう》した。

「米屋の小僧が裏口から外に逃れたとか、大声を上げたのだ。その直後、一味がばらばらに飛び出してきて、井村が、江戸に出たら、一番賑やかな橋じゃぞとまた叫んで去りおったわ」

「橋本様、その言葉を信じてよいと思われますか」

「お頭、腹心は格別として一味は腕の立つ者はそうおらんでな、われらは少しばかり頼りにされておるやもしれぬ」

と橋本大之進が自慢げに言い切った。五尺二寸余だが腕前は六尺豊かな高田小三郎より上と宗五郎は見た。

「もし小淘綾浜で捕まらなければ江戸に出て合流するつもりでございましたか」

「出来ればな。他にすることもなかったでな」

「じゃが、酒江貞政の悪行の数々を聞かされて後悔しておる。もはや一味に戻ることなどない。十分に懲りた」

と高田と橋本が言い切った。

「いや、戻ってもらいましょうかな」

と応じた宗五郎が初音に向き直り、

「初音様、この二人を江戸の北町奉行所送りにしては頂けませぬか。一味をおびき出すためのおとりにしとうございます」

「なにっ、あやつらを江戸送りにか。いささか煩雑《はんざつ》な手続きになるがのう、何日もかかるぞ」

「そこをなんとか急ぎの決断をお願いしたいのでございますよ。疾風一味に先んじるには慣行を無視しても突っ走ることが肝心かと存じます」

「親分はそう申されるが、うちにはうちの決まり事があるでな」

「初音様、北町奉行小田切様を通じて、幕閣には大久保家の機敏なる勇断を上申致しますがな」

宗五郎は奥の手を出した。

宗五郎は一介の御用聞きではない。歴代将軍お目見《めみえ》の家系にして家光様以来お許しの金流しの十手持ちだ。江戸での影響力は田舎《いなか》大名よりはるかに大きかった。

大久保家では四代前の忠方《ただまさ》より、寺社奉行、若年寄、老中の要職に就いていない。

それだけに幕府内での大久保忠真《ただざね》の出世につながるならば、疾風一味の下っ端《ぱ》など江戸送りしてもよいかとの判断が初音の頭に閃《ひらめ》いた。

「奉行どのに相談致す、暫時待ってくれぬか」

と初音が御用部屋から姿を消した。

三

松六《しょうろく》と清蔵が朝湯を使おうと露天の湯にいくと湯気の向こうに二つの頭が浮かんでいた。

谷を雪が舞い、白く染めていた。

「相湯を願います」

と松六が掛け湯をしようと湯船の縁《へり》にしゃがみ込むと、

「ご隠居、さすがに朝早《はよ》うございますな」

と宗五郎の声がした。

「親分さんか、いつ帰りなさった」

湯気と雪を分けて二つの人影が松六と清蔵のもとに近付いてきた。

「たった今ですよ。部屋に戻るより冷え切った体を温めるには湯がなによりと広吉と話し合い、身を浸してほっとしたところでしてね」

「いや、小田原に参られた親分方の戻りは今日の昼ごろじゃないかと清蔵さんと話し合っていたところですよ」

「大久保家の家中の方々が迅速に動いて頂きましてね、高田小三郎、橋本大之進なる浪速疾風の一味の新入りを江戸の北町奉行所に向けて押送り船《おしおくぶね》で献上品宜《よろ》しく御幸《みゆき》ノ浜から夜明け前に出立させました。そいつを見送って駕籠で戻ってきたってわけなんで」

「さすがに金座裏のやることは手早いね」

「それにしても大久保家の家中の面々、夜というのに迅速に動かれましたな」

「わっしが北町奉行の小田切様に宛《あ》てて大久保家の絶大な協力を記した上に、大久保家の幕府への忠義心、それとなく幕閣でご披露を願いたいと書き添えましたので町奉行様から国家老様へと話がとおり、とんとん拍子に決まりましたので」

「大久保家としても幕閣の覚えめでたいのは悪くはございますまい」

「清蔵さん、大久保家の当代はなかなかの人物という噂ですな」

宗五郎が笑った。

「さすがに家光様お許しの金流しの十手の親分にしかできない大技にございますな」

「いかにもいかにも」

「ご隠居方、大技もなにもあんまり使いたくない手にはございますが、そんなことより江戸で酒江貞政に血を流す外道働きをさせたくない一心で捻《ひね》り出した一手にございますよ」

宗五郎が両手で湯を掬《すく》い、顔をつるりと洗った。

「雪の箱根も悪くはございませんな」

「親分、女衆は根雪になって箱根の上にいけないのではないかと案じておられますよ」

「わっしもそのことを案じましたがな、大久保家が用意した駕籠かきが箱根をよく知る者たちでした。この雪は今日の昼過ぎには止《や》むそうで、何尺も積もることはないと言い切りました」

「それはよかった」

と松六が応じ、清蔵が、

「北町に宛てて一味二人を送り込んだということは政次さんに手柄を上げさせたい親分の親心が滲み出ておりますな」

「清蔵さん、だれがお縄にしようと一刻も早ければそれにこしたことはございますまい。まあ、この頭目、一筋縄でいく相手ではなさそうだ。政次らも命を張って相手をしないと大怪我《けが》をすることになりましょうな」

「えっ、そんなに手強《てごわ》い相手ですか」

「大坂奉行所の剣術の手錬《てだ》れの与力同心を二人、斬り殺しておりますからな。ただ、このことはしほには内緒にしておいて下せえ。心配させるとなんのために湯治にきたのか分かりませんからな」

「いかにもさようです。私と松六のご隠居の胸に仕舞っておきますよ」

　頷《うなず》いた宗五郎の脇から広吉が、

「親分、湯もいいが腹が減った」

　と言い出した。

「昨夜から雪の中、小田原まで往復したんだからな、腹が空《す》くのも致し方ねえや。広吉、おまえは台所にいって膳を貰《もら》え」

「いいかえ、おれ一人」

「亮吉なら相談する前に台所で膳を前にしていようぜ」

「違いございませんな」

　と清蔵が答え、

「親分、ご隠居方、一足お先に」

と広吉が湯を飛び出していった。

「ご隠居、湯治に来てまで御用に駆けずり回り、ざわついた気持ちにしてしまいましたな。宗五郎、ただ今より御用は一切忘れます」

と宣告し、

「さあて、長年染み付いた十手魂を宥《なだ》めることができますかな」

「金座裏がそう思っても騒ぎが先方から飛び込んできましょう」

「清蔵さん、そのとおりでしたな」

「まあ、適当に退屈の虫を紛らす程度に騒ぎがあるのがようございますよ」

と隠居二人が勝手なことを言い合った。


この朝、江戸も寒い朝で普請場《ふしんば》に出かける職人衆の吐く息が白く見えた。

朝餉の後、寺坂毅一郎が金座裏に姿を見せて政次と二人、十軒店の彫美の長屋を訪ねた。すると井戸端で美五郎が黒文字を使いながら、

「若親分、しほさんが得心してくれるかどうかは存じませんが彫り上げましたぜ」

そういう彫美の顔が艶《つや》やかだった。徹夜明けに朝湯にでも行ったか。

「親方、ご苦労でした」

　と政次が礼を申し、

「彫美、預かって参る」

「寺坂の旦那、たしかめないでようござんすので」

「おまえさんの仕事の凄《すご》みは摺《す》り上がったときのことだ。版木を見たところで、われら凄みの半分も分かるものか」

　と苦笑いした寺坂に、

「ちょいとお待ちを」

　と彫美が言い、井戸端から長屋に戻ると布包みの版木を政次に渡した。

「摺り師の香次《こうじ》親方と朝湯で会いましてね、今日、そっちに版木が回ると言っておきました。親方は、ならば仕事を空けておこうと言われましたぜ」

「そいつは手間なしで助かる。早速届ける」

　と寺坂が彫美に礼を述べ、政次も頭を下げて十軒店裏を出た。

　摺り師の香次親方の作業場は近くの岩附《いわつき》町裏にあった。彫美の長屋から指呼《しこ》の間《かん》だ。

「親方、朝湯で彫美にあったそうだな」

　寺坂の言葉に、

「そろそろお出《い》でになるころだと思ってましたぜ。上方から下ってきた剣術家くずれの押込み強盗が腰を抜かす絵に仕上げますぜ」

親方の他に数人の職人がいて、すでに態勢を整えていた。

「どれどれ」

と政次から版木を受け取った香次が、

「若親分、お父っつあんは元気かえ」

「ただ今、箱根に湯治に参っておりますよ」

「金座裏じゃねえよ、職人仲間の勘次郎《かんじろう》さんのこった」

と香次が政次の勘違いを訂正した。

「親父とはしばらく会ってませんが元気の筈にございます。親方と顔見知りとは存じませんでした」

ふっふっふ
と笑った香次が、

「若い頃、さんざ悪戯《いたずら》をした仲間だよ」

「えっ、うちの親父にそんな時代がございましたので」

「石部金吉《いしべきんきち》とでも思いなさったか。だれにも若い放埒な時代はあるものよ」

　香次が布を剝《は》ぐと彫美の彫り上げた版木を見て、

「相変わらず細かいぜ」

　と不敵な笑みを浮かべ、

「寺坂様、若親分、見本摺りができるまで居間で茶なんぞ飲んでいて下さいな」

　と言うと奥に声をかけた。

　火鉢の傍で老猫を膝《ひざ》に乗せたおかみさんが繕《つくろ》い物をしていたが、

「政次さん、いいお嫁さんを貰いなさったね。遅まきながら祝いを述べさせてもらうよ」

　と鉄火な口調で言うと膝から猫を下ろし、きびきびとした態度で煙草盆《タバコぼん》に茶と茶請《ちゃう》けの漬けものを出してくれた。

　政次もおかみさんの顔になんとなく見覚えがあった。

「有難うございます」

「しほさんは鎌倉河岸の人気者だったってねえ。私も時に田楽を買いにいったよ。元気かい」

「親分夫婦や松坂屋、豊島屋の隠居夫婦の供で箱根に行っておりますので」

「そりゃ、寂しいね。政次さんを頼りにしているから湯治なんてことを考えなさったことだ。金座裏ももう直代《じき》替わり、十代目が誕生するよ」

「いえ、九代目が元気ですし、まだまだ教わることもございます」

「隠居になっても口が回れば後見は務まるよ。それとも口五月蝿《くちうるさ》いのは嫌かね」

と笑ったおかみさんが猫を膝に戻し、繕い物を再開した。

毅一郎が煙草盆を引き寄せ、政次が、

「頂戴《ちょうだい》します」

と茶碗に手を伸ばした。

煙草盆を相手に寺坂毅一郎が煙草を吸い飽きた頃、

「寺坂の旦那、金座裏の若親分」

と香次親方の声がかかった。

「ごちそう様でした」

と政次がおかみさんに礼を述べて表の仕事場に戻ると香次が摺り上がったばかりの人相描きを手にしていた。

その見本摺りが二人の前に置かれた。

しほの絵の特徴をさらに強調した人相描きは色彩が付けられている分、酒江貞政の残忍な性情が貌《かお》に現れていた。

「当人が見たら、ぶっ魂消ますぜ」

と香次親方が請け合った。

「若親分、どうだ」

政次は小田原の米問屋押込みの顚末《てんまつ》を短く書き添えた人相描きでなんとか酒江貞政をおびき出したいものだと考えながら、

「さて一味の江戸潜入が先か、こいつが高札場、湯屋、床屋に張り出されるのが先かでしょうかね」

「江戸じゅうの評判になったころ江戸入りしてくれると一網打尽にできるのだがな」

と政次も寺坂も彫美と香次の二人の親方の腕前に感服した。


新堂孝一郎を伴った金座裏の政次と亮吉らは、江戸一番の賑わいを見せる日本橋南詰めの高札場に一枚目の人相描きを張り出した。

香次親方と職人衆が次から次へと摺り上げる人相描き五十枚綴《つづ》りが十束できるのを待って北町奉行所の見習い同心と小者《こもの》が北町奉行に持ち帰り、その半分が南町奉行所に届けられた。

北町の五束からひと束が金座裏に下げ渡されて、昼前からしほが鳴立庵で見かけた酒江貞政の貌が江戸じゅうの盛り場に張り出されたところだ。

「亮吉よ、上方くだりの押込みなんて金座裏には朝飯前の仕事だな」

と空駕籠を担いで通りかかったお喋り駕籠屋の繁三が亮吉に大声で聞いた。

「お喋り駕籠屋、ただな、ぼおっと市中を流しているんじゃねえぜ。こいつの貌をしっかりと覚えておいてよ、見付けたら即刻おれたちに知らせるんだ」

「あいよ。それにしてもこの絵、どこかで見たことがあるがな」

「なにっ、疾風一味の頭分を見かけたってか」

「違う違う。絵だよ、この筆使い、どこかで覚えがねえか」

「繁三、分かったか。しほさんの筆だよ」

「なに、しほさんは箱根に湯治に行ったと聞いたが、金座裏に残っていたのか」

「さすがに親分の行きなさるところに悪人ばらが吸い寄せられてくるという図だ。しほさんは相模《さがみ》湾の小淘綾浜でよ、小田原でひと稼ぎして逃げる酒江貞政を偶々《たまたま》見かけたんだよ、そいつをさあっと画帳に描いておいた。小田原城下に着いてしほさんが描いた男が酒江貞政らしいと分かり、早飛脚で金座裏まで知らせてきたんだよ」

「さすがにしほさんだ、旅に出ても御用のことは一瞬たりとも忘れてねえな。おめえら、しほさんが知らせてきた押込み強盗の人相描きを手にしていると、こいつは金座裏の手柄にしなきゃあ、しほさんに申し訳ないぜ。どぶ鼠《ねずみ》、高札場になんぞ張り出されたら、常盤町の宣太郎《せんたろう》親分なんぞに手柄を攫《さら》われるぞ」

と繁三が言うところに当に宣太郎と手先が姿を見せて、

「なんだなんだ、この人相描きは」

と覗き込んだ。

「畜生、北町が張り出しやがったぜ」

と腹立たしげに吐き捨てた宣太郎に、

「常盤町の、どうぞこれを」

と政次が懐から人相描きを差し出した。

「なに、おれに呉《く》れるってか。高札場の似顔と別物で騙《だま》そうって魂胆か」

「根性がねじ曲がってやがるな。常盤町の親分はよ」

と亮吉が思わず呟き、

「どぶ鼠、なんと抜かしやがったな」

と宣太郎が血相を変えた。

「常盤町の親分、手先の口の悪いところは謝ろう。ですが、人相描きは北町から南町にも回り、南北両奉行所が力を合わせて江戸に潜入しようという酒江貞政の出鼻をくじこうという企《くわだ》てですよ」

「北町から南町に手配書が回ったって、そんな話聞いたことはねえぞ」

と政次が差し出す人相描きをひったくった常盤町の宣太郎が、

「どけどけどけ！」

と人相描きを見ようとする大勢の見物人を蹴《け》り散らかして高札場の前に行き、手の人相描きと高札場に張り出された物を見比べた。

「たしかに一緒だ。こいつには北町の仕掛けがあるな、南町はそう簡単な手に乗っからないぜ」

と政次が渡した人相描きをくしゃくしゃに丸めて捨てようとした。

その様子を見た亮吉が、兄弟駕籠の屋根に飛び乗ると、

「やいやい、常盤町の親分さんよ。うちの若親分が親切に手渡しなさった人相描きをくしゃくしゃに丸めやがったな。おまえさんにこの人相描きができた謂《いわ》れを講釈するから、耳くそだらけの耳をかっぽじって聞きやがれ！」

と小柄な体から発せられたとは思えない大声を張り上げた。

「この絵のもとは、箱根に湯治に行きなさった金座裏の若親分の恋女房にして北町の御用絵師、しほさんが偶然に道中で見かけた武芸者を画帳の端に描き止めていたこと

から江戸にもたらされたんだよ。だがな、南町のどこぞの親分と違い、うちではこの人相描きを一人占めにして手柄を得ようなんて、けち臭い考えは指先ほどもないんだ。北町奉行所に願い、南町と協力して一日一刻も早く、残虐非道な浪速疾風一味と頭分の酒江貞政をお縄にして、江戸で血を流させないことが大事と考えなさって、このしほさんが描いた人相描きは北町から南町へと届けられているんだよ。

常盤町の親分さんよ、己の根性が卑しいものだからといって、うちの若親分がおめえを引っかけるような真似《まね》をしなさるものか。人の親切は素直に受けるもんだぜ、げじげじ野郎！」

と啖呵《たんか》を切って、大勢の見物の衆が、

わあっ！

と沸いた。

「言いやがったな、どぶ鼠。てめえの面をこの十手で叩《たた》き潰《つぶ》してやる」

と顔を朱に染めた常盤町の宣太郎が御用に使う十手を振りかざして亮吉に迫った。

「へーんだ、おめえみたいに無暗《むやみ》に十手を振りかざす野郎にこの独楽鼠が捕まるものか」

亮吉が兄弟駕籠の上から虚空高く後転跳びして地面に身軽に飛び降りた。そいつを

常盤町の手先たちが囲み、

「親分、どぶ鼠を捕まえたぜ」

と叫んだ。

「よし、おれが打ち据えてやる」

と形相《ぎょうそう》を変えた宣太郎の背に、

「その方《ほう》、考え違いを致すでないぞ。奉行所が許しを与えた十手は喧嘩《けんか》闘争に供するためではない。悪人めらの捕縛に役に立てるものである」

「なに、この常盤町の宣太郎に説教を垂れようとするのはどこのどいつだ」

と振りむいた宣太郎の前に若い与力が爽《さわ》やかに立ち、

「それがしは北町奉行所の与力新堂孝一郎である」

と名乗った。

「あわあわあわ」

と宣太郎の朱に染まった顔が恐怖に青黒く変わった。

「ご、ご免なすって」

「そなたに鑑札を与える同心はだれか」

「いえ、それはようござんす」

　とこそこそと常盤町の宣太郎と手先が高札場の前から逃げ出し、

「聞いたか、独楽鼠の啖呵をよ。此度のことは肝っ玉の太い北町の了見で南町にも人相描きが渡されたんだとよ」

「それもこれも金座裏のしほさんが描いた一枚の人相描きだ。いいか、なんぞ知らせるんなら金座裏だぜ」

「おおっ」

　と見物衆が沸いた。

四

　箱根塔ノ沢の湯では、宗五郎の一行がのんびりとした湯治の日々を過ごしていた。早川の渓谷を白く染めた雪は消えて、流れの上にきらきらと冬の光が散っていた。その分、寒さが募ったが、湯治らしい気分が味わえた。

　座敷では湯に疲れた清蔵と宗五郎が将棋盤を囲み、その傍らに松六と広吉がいて、

「お、親分、なんでそんなへぼ手を指すんですよ。桂馬《けいま》を生かせば、王手飛車取りじゃございませんか」

「広吉、うるさいぞ。豊島屋のご隠居を生かさず殺さず、できるだけ長持ちしてもら

うようにわざとへぼ手を指しているんだよ」

「あれ、金座裏の、私にそのような憐憫《れんびん》をかけてなさるとはつい存じませんでした。ならばそろそろ私も本気を出して、角《かく》を伸ばして金取りの厳しい攻めで金座裏の城燃ゆると」

「あああ」

と思わず松六が溜息《ためいき》を洩《も》らした。

「そりゃ、清蔵さん、ただで角を親分に差し出すようなものですよ」

「おや、松坂屋のご隠居様、お言葉を返すようですが、豊島屋清蔵の深遠なる三段構え、金座裏九代目雪隠《せっちんづ》詰めの城取りの策をごろうじってね」

宗五郎が得たりと桂馬で敵陣に攻め込んだ。

「あ、これは危うし小田原城、こちらは本丸に火が入りましたな。ならばこの奥の手を」

「ありゃ、いよいよ豊島屋の清蔵様、城を枕《まくら》に討ち死にですよ」

と賑やかにへぼ将棋を戦わしていた。

おみつ、とせ、おえいの女三人は、この日、何度目かの湯に浸かり、

「おえい様、とせ様、わたしゃ、この年で初めて湯治の醍醐味《だいごみ》を味わいましたよ。確

かに伊香保《いかほ》の湯にも行きましたが、あのときはまだ気が若かったのでしょうかね、こんな気分にはなりませんでした」

「そうそう、湯治なんてものは齢《よわい》を重ねて、その良さが滲み出てくるように分かってくるものですよ。金座裏のおみつさんはまだまだ若うございます、真の極楽気分を知るにはあと十年かかりましょうな」

　と貫禄でおえいが言った。

「おや、やはり青臭うございましたか。ならばご隠居様、十年後に、また湯治にお供させて頂きましょうか」

「おみつさん、十年後となると私は八十路《やそじ》を大きく越えますよ。とっくにお迎えがきておりましょうな」

「いえいえ、今度の足のお運び具合なれば十年後の箱根も大丈夫にございます。待って下さいな、十年後といえば私はいくつだ、あれ、嫌だ、そんな年に」

　とおみつが自問自答して、
　うーむ
　と唸り、

「金座裏も十代目夫婦の時代を迎えておりましょうね、そして……」

とおみつが言いながら、露天の湯から顔を覗かせて早川の渓谷を見下ろした。その視線の先にしほが岩に腰をおろして画帳を広げる姿が見え、傍らに庄太と松坂屋の手代の忠三郎《ちゅうざぶろう》が早川の流れに釣り糸を垂らしていた。

「そう、しほさんと政次さんの間に子が二人か三人いましょうな」

とおみつの視線の先を知ったとせが言った。

「とせ様、しほに子が生まれましょうか」

「生まれますとも。此度の旅で見るに、伊香保の頃よりしほさんの体付きがふっくらとしてきましたよ。娘の体から女の体になった証《あかし》です。必ずや来年にも丈夫なお子をもうけられますよ」

「となると、このおみつが婆様ですか」

「そうそう、私たちのお仲間です」

とおえいが目を細めた。

「それはまた嬉《うれ》しいような寂しいような」

「おみつさんには分かりますまいな。年を重ねればまた別の楽しみもございますよ。孫の笑顔がなににも代えがたい、それでいてそんな己の年を考えると」

「おえい様、その先は言わぬが花」

「そうでしたそうでした、塔ノ沢の湯はさらりとして肌に優しゅうございますな」

とおえいが話柄を転じて両眼を閉じた。


「よし、かかった」

と庄太が釣竿《つりざお》を強引に上げた。だが、針の餌《えさ》が食われているだけで、獲物は掛かっていなかった。

「悔しいな、いくら江戸者だからって箱根の魚も馬鹿にしなくても良さそうじゃないか」

「庄太さん、竿を早く上げ過ぎです。冬の鰍《かじか》は動きがにぶい、だからこちらもゆっくりとね、魚の動きに合わせてあげなきゃあ。竿をゆったりと振って誘い、針を十分に呑《の》みこませてやるんです」

と忠三郎が庄太のせっかちを諌《いさ》めた。

「ならば忠三郎さん、手本を見せてくんな」

「待てしばし、焦ってはなりません」

忠三郎が流れに浮き沈みするウキを眺めていたが、

「おっと、私の針に鰍が関心を示していますよ。それそれ、ゆっくりと餌を呑み込みなされ。それでいい、それでいい」

と呟きながら釣り糸を手繰《たぐ》り寄せようとしたが、

「あっ、逃げられた」

と愕然《がくぜん》とした。

「師匠、箱根の鰍釣りはだめだね」

と庄太が早諦《あきら》めたか竿を上げた。

「鰍は秋です、致し方ございません」

とこちらも釣り糸を引き上げた。二人してしほのお供を兼ねての釣だ。格別に釣果《ちょうか》を望んでいるわけではない。

「諦めが早いのね」

岩場に敷いた小座布団に腰をおろして早川の冬景色を描いていたしほが顔を二人に向けた。

「しほ姉ちゃん、なんぞ収獲があったか」

と豊島屋時代の奉公人仲間の口調のままに庄太が聞いた。

「人を描くより景色を描くほうが難しいわね」

「箱根は人より熊《くま》、鹿、猪《いのしし》が多いものな」

と庄太が頓珍漢《とんちんかん》な答えで応酬した。

「熱海に移ればきっと違った景色が見られるわ。それに湯治客も多いと思うの」

「なに、熱海は箱根より大きい湯治場か」

「箱根は山の中に七湯があちらこちらに散ってあるでしょう。だから、湯治の人々も七か所に散って静かに湯を楽しんでおられるけど、熱海はその名のとおり熱い海のへり、海岸に湯が湧《わ》いていて湯治宿も海岸沿いに軒を連ねているそうよ」

「そうか、熱海は海の傍か。よし、今度は海釣りで忠三郎さんと競争をしようか」

「私は常陸大洗《ひたちおおあらい》の生まれですからね、海釣りの腕前はたしかです」

と忠三郎が胸を張った。

松坂屋で政次と忠三郎は小僧時代から一緒に同じ釜の飯を食った仲だ。

二年先に松坂屋に奉公に出ていた忠三郎は、在所の出ということもあって客の応対や言葉使いで苦労した。一方、鎌倉河岸裏の長屋育ちの政次はすぐに頭角を現して、利発さと肝の太さで、

「先々は松坂屋を背負って立つ人材」

と期待されてきた。が、まさか松坂屋を辞めて金座裏に養子に入るとは当人ばかりか周りも驚かされた。

同じ古町《こまち》町人仲間の宗五郎の大胆な願いを松六が鷹揚《おうよう》に聞き届けてくれた結果だった。そんな政次の激変をよそに亀の歩みの忠三郎がじりじりと松坂屋で信頼を得て、

「次の番頭候補」

の一人と噂《うわさ》されていた。そのこともあって松六が此度の湯治行に忠三郎を指名し、手ずから番頭に適しているかどうか見定めようとしていた。

「忠三郎さん、松坂屋さん時代の政次さんはどうだったの」

「新しい小僧さんが入ってきたぞ、と思った時にはすでに追い抜かれていましたよ。政次さんは、器用というのではありませんが、じっくりと考えて一気に行動に移しなされた、その気配を見せないようにしてね。今でも政次さんの奉公ぶりは松坂屋の語り草、もはや伝説です」

と忠三郎が苦笑いした。

「伝説だって、なんだか死んだ人みたいだな」

「庄太さん、それほど政次さんの務めぶりは凄かったですよ。才があるうえに朝はだれよりも早く夕べはだれよりも店に残ってあれこれと学んでおられました」

そんな気配を政次は微塵もしほらに見せたことがなかった。

「朝早く夜遅くだって、要領が悪いだけじゃない、忠三郎さん」

「いえいえ、要領をよくしようなんて最初から考えてないんです。ともかく学ぶことを自ら見付けて頑張っておられました。今でも政次さんの使った机は手があたるところがすり減って残っています。それに筆先が余りの勉強ぶりにすぐに短くなるんです」

「私たちにはそのような様子は見せないようにしたのか、至っておっとりとした政次さんでしたけど」

「そのおっとりとした生き方の背後に政次さんの別の姿があるのですよ。松坂屋に残っておられればもはや番頭に昇進し、伊勢の本店に修業に行かされておりましたでしょう」

松坂屋の出は伊勢だ。奉公人の中で最優秀の手代は伊勢の本店修業を命じられる。これを松坂屋では一番出世という。その厳しい修業を終えた者は江戸《えど》店《だな》に戻り、数年奉公した後、再び伊勢本店の奉公が待ち受けていた。幹部になるための二番出世だ。そこまで昇りつめれば、暖簾《のれんわ》分けなど大きな出世が約束されていた。

「ご隠居様からお聞きしましたよ、忠三郎さん」

「ご隠居からなにをでございますか」

忠三郎がしほに真剣な眼差《まなざ》しを向けた。

「政次は切れ味のよい刀だが忠三郎さんは重いナタ、使い方と用途が違う。つい先日、ナタがゆっくりと本領を発揮し始めましたと仰《おっしゃ》っておられました。これまで忠三郎さんの陰日向《かげひなた》のない精進ぶりを松六様方は見ておられたのですよ」

「そうでございましょうか」

「忠三郎さん、そうは思わないのかい」

と庄太が口を挟んだ。

「なにしろ在所の出は、挙動一つとってももっさりとしております。大名家から江戸で名だたる分限者《ぶげんしゃ》がお得意様ではどうしても気後れいたしまして口が利けません。手代に成り立ての頃は、商いどころではございませんでしたよ」

「忠三郎さん、奉公に出て何年目だ」

「十三年が過ぎようとしています」

小僧の庄太の問いにも忠三郎は丁寧に応じた。値の張る高価な呉服商いと酒の小売では商いのやり方も応対も違った。

「十三年か、そいつは凄いや」

「いえいえ、松坂屋では駆け出しの中にも入れてもらえません」

「だが、此度の湯治行にはご指名があったじゃないか」

「師走に向けてお店が忙しい時期にご隠居様のお供で湯治はありがとうございますが、お店からおまえは要らぬと言われたようで案じられます」

「しほちゃん、その辺どうなんだい」

庄太が江戸の長屋生まれを発揮して、しほに話の矛先を向けた。

「間違いなく忠三郎さんの才と努力を高くお買いになっているから湯治のお供に選ばれなすったのよ。ご隠居さん夫婦のお供なんて、だれにでも出来るもんじゃないもの」

「そうだよな、うちの隠居は別にしてよ、金座裏の親分さんやこの庄太と一緒だなんて、そうそうあるもんじゃない。金座裏では左官の広吉さんが選ばれたってんで、亮吉さんなんて今でもぶうたれているぜ。それほど大変なことなんだよ」

「そうでしょうか」

忠三郎の眼がしほに行った。

「いささか乱暴な物言いだけど、庄太さんの見方は間違いないと思うわ。忠三郎さん、私の勝手な推量で間違っていたらご免なさい。松六様は忠三郎さんの最後の試しをなされておられるのではないかしら」

「最後の試し、でございますか」

「伊勢の本店修業のことよ」

「えっ、伊勢上がりが私に、そのようなことは万々ありますまい」

「いえ、私はそう思うわ」

「どうしよう」

　忠三郎の返事に動揺が漂った。

「忠三郎さん、生意気言ってご免なさい」

「いえそんな」

「私の考えがあたっているか間違っているか、なんとも言えません。ただ忠三郎さんは今までどおりの陰日向のない奉公をなさって下さい。そうすれば必ずや夢は叶います」

「そうだよな。おれもそろそろ先々のことを考えなきゃあ」

「あら、庄太さん、豊島屋を辞める気なの」

「そうじゃないよ。ただ、いつまでも小僧と呼ばれていいのかなとさ、忠三郎さんほど真剣じゃないけど、先行きのことを考えることもあるよ。しほちゃんは考えなかったか」

　そうね、としほは庄太に問われて改めて過去を振り返った。

「全く考えないといえば嘘になるけど、私には忠三郎さんや庄太さんほど先々を考えたことはなかったかもしれない。余裕がなかったのよ、だって一日一日を生きることが必死でしたもの」

「そうだよな、しほちゃんは天涯孤独、親御を亡くして若い頃から一人で生きてきたんだからな、貧乏だっておれには家族がいたもの」

「私にも両親や妹弟がおります」

　と忠三郎が答えた。

「その日を終えて床で寝につくとき、いつも今日も一日が無事に終わりましたって呟きながら寝に就いたわ」

「しほ姉ちゃんはやっぱりえらいよ。だから、天の神様がご褒美を呉れたんだよ。政次さんと所帯を持ち、金座裏に嫁入りしたんだものな」

「政次さんにしても私にしても私たちが選んだ途《みち》ではないの。周りが示して下さった途を歩いているだけなの」

「そこが政次若親分もしほちゃんも偉いとこだ」

「あらあら、今日は庄太さんに何度も褒められるわ」

「いえ、庄太さんの言うとおりです。私などはたりないとこばかり、ただただ足掻《あが》いております。政次さんとは大違いです」

「忠三郎さん、政次さんが歩いた途をだれもが歩くわけではないわ。忠三郎さんは忠三郎さんらしい己の途を歩き続けることよ」

「そうですね、あれこれと考えずに一日一日を精いっぱい生きてみます」

「そうだよ、出世しようとばかり考えている奴に出世した例《ため》しはないもんな」

庄太が自らに言い聞かせるように言った。

しほは犬の鳴き声を対岸の山の斜面で聞いた。岩陰から赤毛の犬が飛び出してきて、岩場に飛び乗り、わうわうと吠《ほ》えた。

その姿はどことなく誇らしげで、だれかに知らせているような気配がした。すると犬に続いて鉄砲を担いだ猟師が数人姿を見せた。その中の二人が棒に脚を縛られて吊《つ》るされた猪を担いでいた。

「あれ、うちの湯治宿の旦那がいるぞ。今晩はきっと猪鍋《ししなべ》だよ、忠三郎さん」

「そうかもしれませんね」

しほは二人の会話を聞きながら、画帳に岩の頂きに立つ猟犬と河原を歩く猟師たちの姿を素早く写生した。

この日、江戸府内、四宿《ししゅく》では各高札場や床屋や湯屋など人が集まりそうなところに上方から江戸に稼ぎ場所を変えようという浪速疾風一味のお頭酒江貞政の風体《ふうてい》と兇状《きょうじょう》を記した人相描きが張り出された。

金座裏では八百亀の陣頭指揮で手先たちに縄張り内のお店を廻らせ、人相描きを示して、いつも以上の戸締りを呼び掛けていた。

金座裏で、政次が女房のしほが描いた人相描きをじっくりと見ながら、なんぞ酒江貞政に接触する方策はないかと思案していた。

夕暮れの刻限、北町奉行所の寺坂毅一郎の小者が金座裏に姿を見せて、

「急ぎ奉行所に出頭を」

と伝えてきた。

(疾風の一味がもはや潜入して、すでに外道働きをなしていたか)

そのことを案じながら、政次は北町奉行所に駆け付けた。

第三話　おしょくりの荷

一

政次《せいじ》が連れていかれたのは北町奉行所の表門を左手に入った牢屋同心詰所で、そこに吟味与力の今泉修太郎《いまいずみしゅうたろう》、与力新堂孝一郎《しんどうこういちろう》、そして、寺坂毅一郎《てらさかきいちろう》が茶を喫していた。

「お歴々お揃《そろ》いで何事にございましょうか」

と政次が声をかけると、

「小田原から助けの手が差し伸べられた」

と寺坂が笑みの顔で答えていた。

今泉も新堂も与力、同心の寺坂とは身分が違った。だが、与力二人より寺坂のほうが若いうちから町廻りで現場を数多く経験していた。町方の心得を熟知し、町廻りのなんたるかを身をもって教えたのは今泉と同年齢の寺坂だ。

二人の与力にとって寺坂同心は師といえなくもない。

政次にとっても松坂屋《まつざかや》から金座裏《きんざうら》に鞍替《くらが》えしたときから師匠であり、直心影流《じきしんかげりゅう》神谷《かみや》丈右衛門《じょうえもん》道場の先輩でもあった。

だから、三人は寺坂毅一郎に一目置いていた。とはいえ、寺坂がそのことをひけらかすというわけではない。まあ、現場を知る者の強み、言動に凄《すご》みがあった。

「と申されますと」

「若親分、宗五郎親分から書状が届いておる」

と今泉修太郎が封書を差し出した。

「どうやら書状の他にもなんぞ届いておるようでございますな」

「よう分かったな、若親分」

「私宛《あて》の書状なれば金座裏に飛脚を差し向ければよいことです」

ふっふっふ

と笑った寺坂が、

「いかにもさよう。おしょくりで荷がついた」

「おしょくりでございますか」

おしょくりとは押送り船のことだ。

何挺《ちょう》もの櫓《ろ》を押して船を進ませることで、採れた魚の鮮度が落ちぬように木更津《きさらづ》沖や相模灘《さがみなだ》の浜から水夫《かこ》を揃えて、複数の櫓で江戸の魚河岸《うおがし》などに運び込む早船を押送り船、おしょくりと称した。

幕府は複数の櫓を使う早船を禁じていたが、この押送り船は格別に許された。

「宗五郎《そうごろう》親分が大久保家に根回ししてな、領内で捕まえた疾風《はやて》一味の配下二人をおしょくりを仕立てて北町奉行所に送りつけてこられたのだ。このような荒技ができるのは宗五郎親分くらいじゃぞ」

と寺坂が満足げに笑った。

「さようでございましたか」

政次はこれでは湯治にもなににもならぬのではと案じながら書状を披《ひら》いた。

「取り急ぎ判明しことを記し送り候《そうろう》。小田原を逃げた浪速《なにわ》疾風一味、何組かに分かれて江戸に向かった様子にて、小田原城下の米問屋から逃げ出す折り、『落ち合う先は七福神じゃぞ』と頭の酒江貞政《しゅこうさだまさ》が腹心の井村弦八郎《いむらげんぱちろう》に念を押し、『お頭、合点だ』と答えたことを見張りの二人が耳にし候。

この短い問答、江戸の落ち合い先、塒《ねぐら》かと存じ候。また、腹心の井村が江戸の塒を知らされておらぬ新入りの二人に、万が一江戸にばらばらに入るようになった折り、江戸一番賑《にぎ》やかな橋に立っておれ、さすればこちらから見付けて声をかけると再会の手段を言い聞かせたそうな。

この新入りの二人、高田小三郎《たかだこさぶろう》、橋本大之進《はしもとだいのしん》らが小田原領内に捕縛されし事、過日の文にて知らせし事なり。この者二名を押送り船にて北町奉行所に送り込み候ゆえ、いかようにも利用なされたく願い候」

と宗五郎は走り書きしていた。

「有り難いことで」

「若親分、このおとりの二人に会ってみるか」

という寺坂の言葉に政次が、お願い申しますと丁寧に答えたものだ。

北町奉行所では牢屋同心詰所の奥に仮牢があった。その仮牢におしょくりで搬送されてきた高田小三郎と橋本大之進の二名が複雑な顔をして座していた。

「高田小三郎様はどちらのお方にございますな」

「それがしにござる」

と六尺豊かな大男が無精髭《ぶしょうひげ》の顔を向けた。

「お二人を牢から出してもらえませぬか」

今泉修太郎と新堂孝一郎の顔にちらりと不安が走った。寺坂が二人を見て、

（ようございますね）

という表情で念を押した。

「若親分、宗五郎親分の考えは、この二人を日本橋に曝《さら》して疾風一味の接触を待って
塒を探れということであろうな」

「まずそのような指示かと存じます」

今泉の問いに政次が答えた。

「逃げ出しはしませぬか」

と新堂も口を添えた。

さあてどうでしょうと応じた政次が、

「酒江貞政の塒を知るためにはこの策しかございません」

「七福神の問答はどうだ」

「七福神を見張る手もございますが、なにしろ江戸には亀戸《かめいど》七福神、下谷《したや》七福神、三
囲《めぐり》神社が加わる隅田川七福神と七福神はあちらこちらに数多《あまた》ございまして、的を絞
りきれません。それらに見張り所をおいて探索するのはこちらの手に余ります。それ
よりこちらの方が手っとり早いと親分は考えられたのではございませんか」

と政次が言い、

「日本橋なら金座裏の縄張り内だからな」

と寺坂が応じていた。

今泉が牢屋同心に仮牢から二人を出せと命じた。

引き出された肥州浪人高田小三郎と備州浪人橋本大之進の二人に大小と持ち物が返された。持ち物といっても中身の入ってない財布くらいだ。しかも二人の所持金は合わせても一分《ぶ》に満たなかった。

この懐具合が疾風一味に加わった最大の理由であったのだ。

「高田小三郎様、橋本大之進様、私は金座裏の政次と申します」

火鉢の傍らに引き出された二人に政次は丁寧に挨拶《あいさつ》した。二人は政次をただ見詰めていた。

「お二人は小田原で親分に会っておられますな」

「金座裏の宗五郎親分のことか」

「橋本様、いかにも私の養父にございます」

「そなたが倅《せがれ》どのか」

と高田が念を押した。

「そなたら、江戸が初めてなら金座裏の親分を知るまいな。徳川開闢《かいびゃく》以来の御用聞きの家系にして、家光様からお許しの金流しの十手《じって》の親分だ。ただの御用聞きじゃないぞ、代々の公方《くぼう》様とお目見《めみえ》の家柄だ、与力同心というても金座裏にかかれば雑魚《ざこ》同然よ」

「ほお」

と橋本大之進が囚《とら》われの身ということを忘れて感心した。

「おまえさん方をこの江戸に送り込んだのが九代目なら、ここにおる政次若親分は十代目よ」

と寺坂が巻舌で説明した。

二人はしばし政次の顔を見ていたが、

「われらをどうする気だ、若親分」

「これから一緒に私と奉行所を出てもらいます」

「解き放つと申すのか」

橋本大之進の顔に喜色が走った。

「いえ、明日から北町の御用を勤めてもらいます」

二人の顔が不安げに変わり、見合わされた。

「腹心の井村弦八郎なる者が江戸潜入に際してばらばらになるようであれば、江戸一番賑やかな橋に立て、さすればあちらから見付けて声をかけると言うたそうな」

「いかにも。されどわれらは江戸一番賑やかな橋がどこかも知らぬ」

　高田小三郎が答えていた。

「江戸一番賑やかな橋はこの北町奉行所近く、そなた様方がおしょくりで潜《くぐ》ってきた日本橋に間違いございません。東海道を始めとする五街道の起点となる橋にございます」

「われら、お江戸日本橋七つ立ちの橋にただ今から立つのか」

「いえ、今晩は宿に案内致します。二人で橋に立たれるのは明日の明け六つからにして頂きましょう」

「井村弦八郎どのはわれらを見付けるかのう」

　と橋本大之進が聞いた。

「それを願っておりますので」

「われら、一味に戻れというのか」

「一味の塒まで従って私どもをその場に導くのがお二人の役目にございます」

「お頭に怪しまれたら最期、われらの命はない」

「怪しまれぬようにするのがお二人の務め、それとも牢に戻りますか」

　と政次が笑いかけた。

「牢はもう十分じゃ」

と橋本が顔を横に振った。

「橋本氏と一緒に一味に戻って、なにをせよと申すか」

「そなた様方にそれ以上のことをさせる気は毛頭ございませぬ。坶にお頭酒江貞政ら主だった者が顔を揃えておるなれば、即刻北町奉行所が捕縛に入ります。そなたらの命、この政次、命に代えても守ります」

ふうっ
と高田小三郎が息を吐いた。

「短いとはいえ浪速疾風一味に加わった罪は大きうございます。これからお天道様の下に大手を振って歩くことができるかどうか、そなた様方の明日からの態度に掛かっております」

「高田氏、われらは道を選ぶこともできぬ」

と橋本が言い、高田が頷《うなず》いた。

「奉行所を出られるのじゃな」

「宿に案内申します」

政次が二人に繰り返した。

「そなたらに最後に申しておこうか」

と寺坂が言い出した。

「この若親分が丁寧な言葉遣いだからと申して、決して舐《な》めるような真似《まね》をせぬことだ、後悔することになる。江戸でも有数の直心影流神谷丈右衛門道場の門弟でな、腕前はたしか、兄弟子《あにでし》のこのおれが保証する。腰にさし落とした銀のなえしは伊達《だて》ではないぞ、抵抗致さば額を割られるのがオチだ。このこと、警告しておく」

と寺坂毅一郎が言い聞かせ、二人ががくがくと頷いた。


三人が北町奉行所の通用門を出てみると八百亀《やおかめ》が常丸《つねまる》、亮吉《りようきち》の二人を連れて政次の出てくるのを待ち受けていた。

「若親分、ご苦労に存じます」

と八百亀が声をかけ、

「彦四郎《ひこしろう》の猪牙《ちよき》を待たせてございます」

と先々のことを読んで手配りをしていた。

「ご苦労だったね、八百亀の兄さん」

と応じた政次は、江戸が初めてという浪速疾風一味の新入り二人を伴い、北町奉行所の船着場に下りていった。

「八百亀の兄さんの勘があたったか」

彦四郎が政次らを迎えた。

「彦四郎、寒い中、ご苦労だね」

「なあに箱根に比べれば江戸の寒さなんて大したことはねえさ」

彦四郎が竹棹《たけざお》で猪牙舟を固定しながら、六人を乗せた。

「彦四郎、箱根は寒かろうよ。だがな、あっちには湯がこんこんと湧《わ》いて、雪がちらつく夜に湯に入れば堪《こた》えられめえ」

「そうかもしれないな」

亮吉が言った。

「行きたかったな」

「まだ未練たらしくそんなことを抜かしてやがるか。御用でしくじることになるぞ、亮吉」

「ちえっ、だれも腹でおれと同じことを思っているくせに」

亮吉が言うのを聞き流した彦四郎が猪牙を御堀の真ん中へ棹で突き出し、呉服橋へと向けた。

「若親分、どっちに向かうね」

「緑橋に着けてほしい。この二人を通旅籠町《とおりはたご》の木賃屋《きちんや》に送りたいのだ」

「承知した」

「日本橋川を下って川口橋から入堀に入ってくれないか」

「あいよ」

と政次の命を彦四郎が飲み込んで、竹棹を櫓に持ち替え、呉服橋を潜ると舳先《へさき》を右に向け直した。

「若親分、龍閑川《りゆうかん》からいかないのか、そっちが近いぜ」

と亮吉が口を挟んだ。

「黙りやがれ、独楽鼠《こまねずみ》。若親分は考えがあってのことよ」

と船頭の彦四郎に一喝された亮吉が、

「あああ」

と吐息をした。

政次の傍らにいた備州の出という橋本大之進が、

「この手先どのはなんぞ不満がござるか」

と聞いた。

「亮吉のことかえ。親分の供でよ、箱根の湯治の一行に加わりたかったんだが、別の手先にその役を攫《さら》われたってわけだ。いつまでもうじうじと文句を述べているのさ。浪人さん、気にするな」

と彦四郎が答え、

「なんとも未練な人物じゃな」

と橋本が憐《あわ》れむような眼差《まなざ》しで亮吉を見た。

「うるせえや、押込み強盗の一味の癖におれの気持ちが分かるか」

「よう、分かるぞ。そう不満たらたらでは先々親分方の信をなくすことになり申す」

「違いねえ」

と八百亀らが笑いだした。

「ちえっ、押込みに説教受けちゃあ、むじな亭亮吉もおしまいだぜ」

とぼやいた。

「高田様、橋本様、あなた方が明朝から立つ日本橋ですよ」

と政次が二人に一石橋を潜った猪牙舟の上から教えた。

「ほう、あの橋が日本橋な。最前は生きた心地もなく早船に乗っていたで気付きもしなかった」

高田と橋本は慶長八年（一六〇三）に架けられた全長二十八間《けん》、幅四間、弧状の姿を持つ橋に見とれていた。

「夜だというのに人の往来が激しいのう、今夜は祭礼かのう」

「高田様、江戸で一番賑やかな橋でございますから、昼間はもっと大勢の人々が往来しております」

「真ん中がせり上がっておるな」

「江戸で日出と日没が見られる橋にございます。あの辺りにお立ちになっていれば、どこからでもお二人の姿は見てとれます」

「腹心の井村どのが申されたことは間違いなかったか」

「ここなれば必ずや浪速疾風一味から連絡《つなぎ》がきます」

うーむ、と頷いた高田が、

「そなたらもわれらの行動を見張っておるのじゃろうな」

「むろんにございます。ですが、そなた様方にも分からぬなりに変装しておりますから、こちらのことは気にしないで下さいまし」

「われらがお頭のもとに連れていかれるのを見逃さないでくれよ。われら、もうあの一味には戻りたくないのじゃからな」

「高田様、橋本様、ご安心ください」

と政次が答えたとき、彦四郎の猪牙舟は日本橋を潜っていた。

「ご覧なさい、左手に一日千両の商いがあるという魚河岸にございますよ」

「なにっ、魚を売り買いして一日千両か、驚いたな」

「一日千両はたとえでございましてね、実際は何倍もの額の商売にございますよ」

江戸は大きいと呟いた高田が、

「未《いま》だ御城を見ておらぬが、御城は遠いのか」

「後ろをご覧なさいまし」

と政次が後ろを見るように教えた。

なにっ、と二人が後ろを振り向くと日本橋の向こうから千代田の城の本丸がゆっくりとせり上がるように見えてきた。

「そなた様方がおられた北町奉行所は御城の東側にございましてな、余りにも近過ぎて御城が見えなかったのでございましょう」

「囚われの身とは不自由なものよ、気持ちに余裕がないでなにも見えず、なにも考えられぬ」

と橋本が嘆いた。

「もはや押込み強盗の一味などに加わるなど愚かなことを考えぬことです。江戸は天下一の都、この江戸で押込みを働く者でうまく立ち回った者はおりませぬ。私どもが許しません」

政次の言葉遣いは穏やかに聞こえたが険しさを含んでいた。それだけに二人の身に染みた。

「若親分、なんとしてもわれらを救うて下され」

と高田が願った。

「最前、奉行所で私が申し上げたこと、覚えておられましょうな」

「命に代えてもわれらを守ると言われたことか」

「はい。二言《にごん》はございませぬ。必ずや金座裏の政次がお二人の命をお守りして酒江貞政一味をお縄にしてみせます。そうしなければ宗五郎親分や女房のしほに申し訳が立ちませんからね」

と政次が笑みの顔で言いながら、心中で明日からの見張りの手配りを考えていた。

二

翌朝、通旅籠町の宿木賃屋で高田小三郎と橋本大之進の二人に男衆が何度も、

「いいかい、この通りを西に向かって大伝馬町《おおでんま》二丁目、一丁目、本町四丁目、三丁目と進み、十軒店本石町《じっけんだなほんこく》の辻《つじ》で左手に曲がりますと、日本橋にいやでも出ます。いいですかい、分からなければ日本橋はどっちかと聞くんだよ。往来を歩いている人に道を聞いちゃならねえ、在所の人間もいれば悪い奴もいる。お店《たな》の小僧さんか手代さんに尋ねるんだ。分かりましたね」

「相分《あいわ》かった」

とぬうぼうとした大男の高田小三郎が緊張の面持ちで応《こた》え、小柄で腰が座った橋本大之進も、

「造作になった」

と礼を述べた。

「なんたって金座裏の口利きだ。待ち合わせの人に出会わなければ、うちにまた戻っておいで」

「その折りは願う」

二人の浪人が木賃屋を出ると教えられたとおりに大伝馬町へと進み始めた。

「高田氏、江戸の人間の言葉はいささかぞんざいじゃが根は親切じゃのう。こうして懇切に道まで教えてくれる」

「金座裏は江戸ではなかなかの威勢のようじゃな」

「小田原で親分に会《お》うたが、われらにとって吉か凶か」

と橋本大之進が呟いた。

公事宿《くじやど》や旅籠が軒を連ねる通りは表戸が開けられて、小僧らが掃き掃除をしていた。通りを歩く職人衆の息も白く見えるほど凛《りん》とした寒さがあって、本格的な冬の到来が間近いことを教えていた。

「腹心はわれらを見付けてくれるかのう」

「それがし、酒江貞政お頭の下に戻るのはほとほと嫌じゃ」

「お上の手先を務めているとお頭が知ったら、われら二人の命はなかろう」

「そいつだけは勘弁願いたいものだ」

と話し合いながらも二人の眼は左右のお店にいった。

「東西に抜けたこの大通りはどこまでもお店が続いておるぞ。そればかりか南北に走る通りにも店が連なり、大八車が勢いよく飛び出してくるわ」

「江戸は広いのう。大八に竹籠《たけかご》から鰤《ぶり》と思《おぼ》しき魚が躍っておるぞ。何とまあ活気のあることか」

二人が驚くのも無理はない。通りの一角は一日千両の商いがあると言われる魚河岸が広がっていた。昨日も政次に舟の上から説明を受けたのだが、江戸の朝が初めての二人には二つの見聞が一つに繋《つな》がらなかった。

「威勢のいい声が飛び交っておるが、道場でもあるのかのう」

「さあて、うーむ、われらこのまま進んでよいのか」

「男衆はまっすぐ進み、十軒店なんとかの辻でどちらかに曲がれと申さなかったか。さあて、右か左か」

と二人が往来の真ん中に立ち止まり、思案した。

後ろから小僧を連れて歩いてきた恰幅《かっぷく》のいい艾売《もぐさう》りが、

「お侍、急に立ち止まっちゃはた迷惑だ。危うくぶつかるところだったぜ」

「それは失礼をば致した。いささか道に迷うてな」

「どちらに参られるんで」

「十軒店の辻をどちらにいくのであったか、ご同輩」

「右か左か判然とせぬが、賑やかな橋に参りたいのだ」

「日本橋ですかえ」

「そう、それだ」

「ならばこっちに曲がれば、ほれ、往来の向こうにせり上がった欄干が見えましょう。

あそこが日本橋ですぜ」

「これは有り難いご教示、造作をかけた」

と深々と腰を折って礼を述べた二人が十軒店本石町へと曲がった。

「疾風一味とかいう押込み強盗に誘われたそうだが、なんとも頼りない侍を仲間に入れたもんだぜ」

と二人を見送ったのは旦那の源太《げんた》と小僧の弥一《やいち》だ。

江州《ごうしゅう》伊吹山のふもと柏原本家亀屋左京の艾を、得意先を回って売るのが本業だ。だが、二人は別の貌《かお》を持っていた。宗五郎の下っ引きを務め、あれこれと情報を仕入れて金座裏に報告にくるのだ。

恰幅がいいので旦那の源太と呼ばれていた。

この日、小僧の弥一がよもぎを乾かした艾を入れた箱を天秤《てんびん》に担いで旦那に従い、本業のなりをしていた。

若親分の政次に呼ばれて木賃屋を出てくる高田小三郎と橋本大之進が初めての江戸で道に迷わないように後ろから従っていたのだ。

「親方、あいつら、一日橋の上で立ちん棒か」

「伝馬町の牢より寒風が吹く橋の上が退屈はしめえ」

「あいつら、飯を食うとこだって知らないぜ」

「飯屋に入ったところで懐に銭があるかどうか」

「飢え死にしねえ前に疾風一味が声をかけてくれると、おれたちも風邪《かぜ》を引かなくて済む」

「弥一、下っ引きが探索に駆り出されることは滅多にねえんだ。九代目が留守の間、十代目になんとか手柄を立てさせてえが、それもこれもあの頼りない二人に掛かっているんだがな」

と旦那の源太と弥一が見え隠れに二人の後を尾行していった。

そのような会話がなされているとも知らず高田と橋本の二人は室町側から日本橋の前に出た。

「橋本どの、大きくはないが、なんとも賑やかな橋じゃな。これは肥後熊本にもござらぬ」

「なにしろ天下一の都じゃからな」

と二人が言い合うのを北詰の袂に薄汚れた手拭《てぬぐ》いで頰被《ほおかむ》りをして破れ笠を被《かぶ》ったしじみ売りが見ていたが、人込みに弾《はじ》き出されるように浪人二人がよろめいてきて、

「ご同輩、なんとも江戸の人間は急ぎ足じゃのう」

「気ぜわしゅうていかぬ」

　と言い合った。

「旦那方、商いの邪魔だぜ」

　としじみ売りが声をかけた。

　しじみ売りに扮《ふん》したのは金座裏の手先の亮吉だ。

「これは相済まぬことだ」

　六尺豊かな巨漢が詫《わ》びた。なりは大きいが腰が落ちた姿勢はなんとも頼りなく見えた。一方、一尺ほど小さなほうの浪人はどことなく鈍重な感じがした。

「しじみ売り、この橋上で人と待ち合わせているが、立ち止まっても差し支《つか》えないか」

「橋の一番高いところは在所から出てきた人間がよ、江戸を見回す絶好な場所だ。欄干にへばりついていりゃあ、だれも文句は言うめえよ」

　さようか、と二人が反りのある日本橋へと上がっていった。

「酒江貞政とやら、こやつらを一味に引き入れたのが運のつきだ」

　しじみ売りの亮吉が呟いて橋の向こう側に籠を並べた野菜売りを見た。

　こちらはだんご屋の三喜松《みきまつ》がいて亮吉の視線を受け止めると小さく頷いて見せた。

日本橋の南詰、高札場が見える西側の袂には常丸が花売りを店開きしていた。花売りといっても生け花の花ではない、主に仏花を扱う花売りは男の商売で時に老婆もいた。常丸が扱う花は四文から八文、十二文までの安ものだ。

この仏花の値は四の倍数と決まっていた。四文で通用する黄銅銭を使うからで、釣銭を出さないための知恵だった。

さらに南詰の東側には暦売りに化けた稲荷《いなり》の正太《しょうた》と付け木売りの伝次《でんじ》が控えていた。

高田小三郎と橋本大之進が橋の一番高いところに姿を見せると、しばし呆然《ぼうぜん》として周囲を眺めた。大男の高田小三郎の手が御城や大川の方角を指していたが、橋の東側に移り、疾風一味の腹心の声がかかるのを待つ態勢に入った。

時刻は六つ半（午前七時）の頃合いか。

冬の陽射《ひざ》しが大川の方角から日本橋の上を照らして、橋上を通過する人波から武士の姿が消えて商人衆、職人衆が多くみられるようになった。

魚河岸の一角、本船町の河岸を西側から芝河岸、中河岸、地引《じびき》河岸と呼ぶが、中河岸の押送り船や漁《いさ》り船の間に猪牙舟が舫《もや》われて、二人の男がなんぞ商談でもしている風に話し合い、時に橋上にちらりと視線を巡らした。

船頭は艫《とも》で煙管《キセル》を吹かしていたが、その煙がゆっくりと澄み切った空へと立ち昇っていった。

商いの話をする体の二人は政次若親分と金座裏の番頭格の八百亀だ。

「さて、現れますかね」

「信じて待つしかありませんよ」

「親分としほさんのからんだ話に外れはないよ、八百亀の兄い」

と船頭の彦四郎が言うと煙管のがん首をぽんぽんと船縁《ふなべり》に叩きつけて灰を水に落とした。

深編笠《ふかあみがさ》を被った疾風組腹心井村弦八郎は、江戸橋広小路から日本橋に向かって歩きながら、手下の水沼海蔵《みずぬまかいぞう》に、

「その方、江戸は初めてであったな」

と尋ねた。

「腹心、いかにも初めてにござる。なんとも賑やかなものでございますな。大坂も繁華な都と思うたが、それどころではございません」

水沼が素直に応じていた。

「見よ、高田小三郎が待っておるわ」

と井村が日本橋の上に立つ巨漢を指した。

「あやつ、江戸になんとか潜り込んだのですね。頼りないゆえ小田原の務めの後、逃げ出すかと思うておりました」

「西国《さいごく》出の浪人は腹を空《す》かせておるものよ。三度の飯にありつき、酒が飲める暮らしに一日でも慣れると後戻りはできまい」

「ちびの橋本はどうしておりますかな」

と水沼が聞いた。

「あやつのほうが肝《きも》の太い剣術家と見たが、逃げおったか。いや、反対側の欄干にへばりついておるわ。江戸の賑わいにど肝を抜かれた面付《つらつ》きじゃな」

と井村弦八郎が笑った。

「腹心、これで小田原後の一味が十一人揃いましたぞ」

「種口栄、守村兵衛、室田勘解由《かげゆ》、庄司五郎左衛門の四人が一味を離れたか」

「腹心、一日二日後には合流しますって、われらもようよう昨夜に江戸の坶に到着したばかりでございますよ。なにしろ四人は一年以上も行を供にした仲間です、お頭が隠した金子《きんす》の分配を楽しみにしておりましたからな。金を貰《もら》わずに逃げ出すものですか」

「そうではない。小田原で捕まったことも考えられよう、あるいは路銀に困り、奴らだけで押込みを行った」

「種口らはお頭から分かれて、別の一味を作ったと申されるので」

「一派を作れば旨《うま》みがあるからのう」

「さてどうでしょう」

「じゃがこの商い、そう簡単ではない。お頭になるにはお頭になるだけの胆力《たんりょく》、非情さ、決断力と指導力が問われる。種口らにはそのどれもない」

「いかにもさよう」

と応じた水沼が、

「それがし、二人を迎えに参ります」

と橋へと向かおうとした。

「待て」

と井村の眼が高札場の人だかりにいった。

「なんぞございますので」

「高札に大勢の人間が集まっておるではないか。まず水沼、あれを確かめて参れ。なにがあったか、それがしに報告せよ」

「はっ」

と畏《かしこ》まった水沼が駆け出していった。

井村は高札場を横手から見通せる通一丁目の角、蚊帳《かや》、畳表《たたみおもて》問屋の近江屋《おうみや》の軒下に身を移して水沼の様子を目で追った。

大坂、京で押込み強盗を働いた数は十数件に及び、役人の追及が厳しくなったところで一旦上方を離れて、江戸に潜入することを決断したのは、お頭の酒江貞政だ。酒江の剣術の腕前、一味を統率する指導力、大胆にして細心な行動力、どれをとってもお頭は一流だと腹心は見ていた。だが、これらのことよりお頭の、

「勘」

の鋭さに井村は一目《いちもく》置いていた。

上方で捕り方の包囲網を掻《か》い潜って逃げ延びてきたのは、この勘によるところが大きかった。

「お頭の勘はなんぞ裏付けがあってのことですか」

と尋ねたことがあった。

「井村、不思議なものよ、この方角に町方が網を張っておると思えば、なんとなく五感にびりびりと訴えてくるものよ。おれにこの勘働きがあるかぎり、町方なんぞに捕

まりはせぬ」

　と豪語したものだ。

「それは修業や訓練で得られる力にございますかな」

　違うな、と酒江が答え、腹心を睨《にら》んだ。

「たとえばそなたがおれを裏切ると胸中で思うたとせよ」

「お頭、そのようなことを一度たりとも」

「たとえばと申しておるわ。するとな、そなたの表情に微妙な陰が現れ、それが周りの空気に訴え掛ける。そいつをおれの五感が感じ取るのであろう」

「となりますと、江戸に参ろうと奉行所の動きなどは手に取るように分かりますな」

「分かる、分かる筈《はず》だ。ともあれ、井村、江戸では一、二件、多くて三件の務めに限って行い、即刻江戸を離れる」

「江戸町奉行所には上方から疾風一味の手配書きが回っておりましょうな」

「当然のことであろう。だが、われらが襲った店の被害やら死者の数を知らせてきたところでなんの役に立つ。われらは疾風のように忍び込み、それがしの名札だけを残して疾風のように逃げ出して痕跡《こんせき》を止《とど》めておらぬ。おれがどのような面構《つらがま》えか知らぬ以上、どうにも手配が付くまいよ」

と酒江貞政が威張ったものだ。

井村は高札場の人込みに水沼海蔵が強引に入りこむ姿を目で追っていた。その水沼の体が遠目にも硬直したのが見えた。

(なにがあったのか)

しばし呆然としていた水沼がきょろきょろと辺りを見て、人込みに安心したか、また高札場の前に近付いていった。

上方からの手配書が張り出されることは予測されていた。だが、一味の名が知られていたとしても、

「浪速疾風一味」

の正体は知られていない筈だ。

水沼はなにに驚いたのか。

高札場の前に出て確かめるように手配書らしきものを読む水沼の体が横手に移動して人込みから離れた。そして、素知らぬふうに歩き出したが明らかに緊張と不安が感じ取られた。

水沼は井村と分かれた場所へと向かっていた。

井村は水沼の挙動を怪しんで尾行する捕り方や町方同心はおらぬかと辺りに視線を

巡らし、いないと悟ったとき、水沼を呼んだ。

「なにがあった」

「腹心、この場を離れましょう」

水沼が言い、万町《よろず》を青物町へと東進した。背の喧騒《けんそう》がだんだんと薄らいでいき、水沼の体の強張《こわば》りが幾分和《やわ》らいだ。

「なにがあった」

「お頭の手配書が江戸に回っております」

「そのようなことは最初から承知のことだ」

「違います」

「なにが違うのだ」

「親方の人相描きが張り出されておるのです」

「人相描きとな、似ておるか」

「貌の表情といい、姿といい、羽織の紋所までぴたりと一致しておる。お頭の姿そのままじゃぞ」

「そのようなことがあろうか」

二人は青物町から本材木町に出ようとしていた。その角に海老床《えびどこ》という床屋があって、こちらにも人だかりがしていた。

「腹心、己の目で確かめられることだ」

「高札場に戻るのは危ない」

「いや、床屋の前にも人だかりがしており申す」

うーむ、と洩《も》らした井村が辺りに気を配り、床屋の障子に張られた人相描きを覗《のぞ》き込んだ。

その瞬間、背筋に悪寒が走った。

「お侍、大したものだね、金座裏の女絵師しほさんの手に掛かれば、悪人めらも、ほれこの通り、こやつが江戸に入ってきたと思いねえ。顔に人相描きを掲げて歩いているようなものだ、あっさりとお縄だぜ」

「で、あろうな」

「間違いねえよ」

と人相描きを覗き込む職人らしい男が金座裏の嫁しほのことをあれこれと喋《しゃべ》り始めた。

三

宗五郎の一行は塔ノ沢の湯治宿を出立して、七湯道《ななゆみち》の最後の湯治場の芦ノ湯《あしのゆ》を目指し箱根の山懐《やまふところ》深くに分け入った。

湯治は七日一めぐりを基準に考えられたが、女衆の、

「七湯なれば一日交替で七つの湯に入るのも一興ですよ」

「あちらこちらの湯を楽しむほうが飽きのこない方法かもしれません」

という考えに押されて、塔ノ沢三日、芦ノ湯四日を考えてこの日、移動を始めたのだ。

塔ノ沢の湯治が利いたか、女衆も松六《しょうろく》と清蔵《せいぞう》の隠居二人も大張りきり、

「たしかにこれなれば七日七湯でもようございました」

と松坂屋の松六が言い始めたほどだ。

出立の刻限は明け六つの頃合いだ。

いよいよ山に入るというので全員が竹杖《たけづえ》や四尺ほどの棒杖を携えていた。

「宗五郎親分、芦ノ湯までどれほどの道のりですね」

と広吉《こうきち》が宗五郎に聞いた。

「本街道の小田原から箱根の関所まで上がり四里だがな、湯本から芦ノ湯までも山道が四里も続く。おめえらの知ってのとおり湯本と塔ノ沢は十二丁とねえ。となると残りは三里二十四丁ほどだ。なかなかの道中だぜ」

「親分、塔ノ沢の湯で体がふやけちまったよ。箱根の冷気に打たれたほうが気持ちも足もしっかりすらあ」

荷を負った広吉と小僧の庄太《しょうた》が一行の先頭に立った。

「おえい様、ご気分はいかがですか。登り道がしんどいなれば直《す》ぐにいって下されよ。山駕籠《やまかご》を雇いますでな」

と宗五郎が松坂屋のおえいにいったが、

「いえいえ、駕籠なんて辛気《しんき》くさいものには乗りたくございません。里では見られぬ枯れた紅葉の風情を愛《め》でながらいくのはなんとも面白うございますよ。私にね、しほさんのように絵心があれば描きたい景色ばかりです」

おえいが笑みの顔で応じた。

一方、画帳を懐に入れたしほは、一行の後になり先になりして、谷間の景色を早描きした。

年寄り女連れが元気旺盛《おうせい》なだけになんとも賑やかな道中だ。塔ノ沢から宮の下まで渓流沿いにゆるやかな登りが続いた。

「親分、浪速疾風一味め、江戸に潜入致しましたかな」

捕物好きの豊島屋《としまや》の清蔵が宗五郎に言い出した。

「湯治に早くも飽きなされたようだ」

「湯もいいが毎日だと体から脂っけが抜けてさ、なんだかばさばさ致しましてな、干物になったような気分ですよ」

「隠居とは申せ、松坂屋の松六様とはだいぶ年も違いますし、清蔵様にはまだ色欲がおありのようだ」

「親分、ここだけの話だがね、旅の醍醐味《だいごみ》は見知らぬ女の方と知り合うことですよ。だが、隣に古女房がぴったりと張り付かれては、どうにもこうにもなりません」

と嘆いた。

「まあ、此度は年寄り孝行女衆孝行と思《おぼ》し召して下さいな」

「親分は未《ま》だ男盛りだ。そんな気持ちになることはありませんかね」

「女房ばかりか嫁と一緒の旅ですよ、諦《あきら》めなされ」

「熱海に行ったら湯女《ゆな》でも呼んで景気よくぱあっと騒ぎましょうかね」

「清蔵様はお元気だ」

松六が話に加わってきた。

「へっへっへ、どなたでしたかね、色欲は三途《さんず》の川の向こうまでと喝破《かっぱ》された先人がおられたでしょうが」

「妙ちきりんな腰折れは清蔵のご隠居のお作ですかえ」

「なんだ、親分は見通しか」

と清蔵が苦笑いし、

「余分な脂っけが抜けないのはうちの人だけのようですね」

というとせの声が清蔵の背後からして、

「えっ、おまえ、私の後ろにいたんですか」

「最前からとっくりとおまえ様の魂胆をお聞き致しました。えっ、熱海では湯女を呼んで騒ぎなさされるそうな、見物させてもらいましょう」

「そりゃ、おまえ、話だけですよ」

狼狽《ろうばい》の体の清蔵が慌てて答えた。

しほは一行よりだいぶ先に進み、曲がりくねった七湯道の向こうに宮の下の湯煙が立ち昇る景色を背景に、里の老婆が竹籠を負って山道を下ってくる光景をさっと描いた。

「お婆さん、お元気ですね」

しほが声をかけると、

「三日に一度は小田原城下に山菜やらきのこを売りにいくだよ。おまえさん方は湯治かね」

と足を止めて答えたものだ。

「お婆さんはどちらの里のお方ですか」

「堂ヶ島の外《はず》れに家があるだよ。おまえさん方は湯治じゃね」

「今晩から芦ノ湯にございます」

「なんでも関所破りが出たとか、鉄砲持ったお役人衆が山に入られて山狩りをしておられるそうな、気をつけてな」

「お婆さんも足元に気をつけて参られませ」

しほと小田原に物売りにいく老婆は別れた。

「しほちゃん、婆様と仲よしになったのかい」

「小田原城下まで山菜やらきのこ類を売りに行かれるそうよ」

「在所の年寄りは元気だな」

と広吉が感心した。そこへ宗五郎らがやってきた。

しんがりは松坂屋の手代の忠三郎《ちゅうざぶろう》が勤めている。

「親分、関所破りが出たそうで、鉄砲を持ったお役人が山狩りをしておられるそうです」

「関所破りか、これ以上の厄介はご免だね。これからは十人が纏《まと》まって進もうかね」

と宗五郎が注意し、

「宮の下で休憩しますでな、それまでは足を止めずに進みましょうぞ」

と一行を激励した。

棒杖を持った広吉と庄太が先頭に立ち、女衆年寄りを真ん中にして宗五郎が後見し、しんがりを忠三郎が務める態勢は変わらない。

湯本と芦ノ湯のほぼ真ん中、宮の下の追分《おいわけ》道に暖簾《のれん》を掲げる茶店に入ったのは、四つ(午前十時)の刻限だ。

茶店名物の串団子《くしだんご》と茶で一息入れた一行の耳にどーんどーんという音が響いてきた。

宮の下の追分道を早川の流れへと下れば堂ヶ島の湯だ。

「山狩りの鉄砲の音だ」

と茶店の男衆がだれとはなしに言った。

「関所破りはしばしばあるもんですかね」

と清蔵が尋ねた。

「まあ、関所を抜ける旅人はいないわけじゃねえよ。そいつらは里の案内人がついておるしな、関所役人にお目こぼし料が支払われてのことだ。まあ、見て見ぬふりの関所抜けだ。かような山狩りなんぞは滅多にねえ、関所では格別なことがあって山狩りをしているんではねえか」

「格別なこととはなんですね」

「徒党を組んで関所破りをしたか、鉄砲なんぞを江戸に持ち込もうという連中か。おめえさん方も気つけていきなせえよ」

と注意した。

山狩りの情報に一行十人はいよいよ前後を短くして黙々と山道を進むしかない。それに宮の下を過ぎると山道が急に険しくなり、杖にすがって黙々と歩くだけで精いっぱいだった。

谷間の向こうの鉄砲の音が木霊《こだま》してそれに犬の吠《ほ》え声も混じった。

「宗五郎さん、なんだか厄介なことになりましたな」

松六の声に不安が漂っていた。

「ご隠居、山狩りは谷の向こうだ。まず七湯道は大丈夫でございましょう」

と答える宗五郎の目は下ってくる男女の旅人を見ていた。

「ちょっとお聞きしますが、この先、山狩りが行われておりますんで」

と広吉が旅の商人風の男と嫁女か、二人連れに声をかけた。

「いえ、鉄砲の音は川向こうの山の斜面ですよ。どちらに参られますな」

「芦ノ湯です」

「ならば山狩りとはどんどん離れていきなさる。まず心配はございますまい」

と広吉に答えた夫婦者の商人が山道を下っていった。

「親分、このまま進んでいいかえ」

「まずは底倉ノ湯を目指してな、そろそろと行こうか」

宗五郎が前進を命じた。


冬の低い日が日本橋を照らし付けていた。

絶え間なく往来する人波、駕籠、大八車と幻惑されたか、橋本大之進と高田小三郎は、一番高い橋上東の欄干に体を持たせかけて茫然《ぼうぜん》としていた。二人の眼下の日本橋川にもひっきりなしに大小の船が行き来していた。

「橋本どの、それがし、最前から悪酔いしたようで目がぐるぐると回っておる」

「それがしとて同様だ」

「少し人のいないところで休みたいが、だめかのう」

「われらを役人衆やら十手持ちが見張っていよう」

「役目を放《ほう》り出すのではないぞ、ただ少し休みたいだけだ」

「名古屋であの一味に加わったのが間違いのもとであったな」

「今さら後悔しても致し方ござらぬ」

　というところに、

「おや、まだこちらにおられましたかえ。待ち人とは会えませんので」

　と声が掛かった。

　二人が振りかえると艾売りの旗竿《はたざお》を小僧に持たせた恰幅のいい旦那の源太が二人を見ていた。

「おお、その方は朝の間、われらが道を尋ねた御仁《ごじん》じゃのう」

「へえ、艾売りにございましてな、一商売して室町に戻るところなんで」

　と応じた源太が、

「顔色がお二人して悪いようにお見受け致しますが、どうかなされましたか」

「人に酔ったようで最前から目がぐるぐると回っておるのだ」

「人あたりですかえ、そりゃいけませんね。お侍がこの人込みで倒れたんじゃ、かっこも付きますまい」

「どうしたものか。われらには大事な役目があってな」

橋本が源太に言い出した。

「ならば一人がこちらの橋上に残り、交替でお休みになればいいじゃありませんか」

「おお、その手があったのう。ならば高田どの、そなたから先にしばし休息なされよ。それがしがその間はこの橋上を死守していよう」

と橋本大之進が高田に言った。

「先に休息をとってよいか」

「刻限も刻限、めしを食してきなされ」

「そうさせてもらおう」

高田小三郎がふらふらと室町側に歩き出し、なんとなく旦那の源太と小僧の弥一も従った。

「お侍、大丈夫かえ。めし屋まで付いていこうか」

「そうしてくれるか。それがしもかように大勢の人前で恥を曝らしとうない」

と高田小三郎が素直に従い、弥一が先払いしてなんとか橋を下りた。

「静かなめし屋などござろうか」

「旦那、静かなとくれば料理茶屋の座敷だが、値がはるぜ」

「馬鹿を申せ、懐がさびしいのだ。値が安く食べられて客がおらぬところはないか」

「冗談いっちゃなりませんぜ。江戸のど真ん中で客がいなくて安直なめし屋があったら、直ぐに潰《つぶ》れまさあ」

「そんなものか」

　橋から下りて芝河岸に曲がったせいで人込みはだいぶ少なくなっていた。魚河岸もすでに商いが終わったところが大半だからだ。

「ここいらは魚河岸の兄さん方が一仕事終わって飲み食いする界隈《かいわい》だ、そんなめし屋ならいくらもあるがね」

「値は安いか」

「めし代は大したことはございませんよ。だが、魚河岸の奉公人だ、だれもが威勢がいいぜ、静かなめし屋なんぞ金《かね》の草鞋《わらじ》で探したってないよ」

「よい。その中でも一番安いところを教えてくれぬか」

「致し方ございません、これもなにかの縁だ。わっしの知り合いのめし屋に案内しましょう。ちょうど時分どきだ、わっしらも昼餉をご一緒させてもらいましょう」

旦那の源太が本船町の魚河岸を突っ切り、路地の奥にあるめし屋に連れていった。すでに魚河岸の兄い連中が豪快に酒を飲んでいた。魚は魚河岸だけに贅沢《ぜいたく》に皿や鉢に盛り上がっていた。

「値は高くはないか」

「旦那、わっしが連れてきたんだ。そのことは案じなさいますな」

と旦那の源太がめし屋の女中衆に、

「おきみちゃん、三人だが、どこぞに席を作ってくんな」

「奥が空いたばかりだけどどう、旦那の旦那」

「そいつは結構」

旦那の源太が二人を引き連れて奥に入ると小上《こあ》がりの板の間に高田小三郎を招じ上げた。

「こちらはそなたの知り合いか」

「商いの縄張り内ですよ」

「さようか」

と高田が腰をおろして落ち着きを取り戻したようだ。

「おきみちゃん、酒と肴《さかな》を見繕《みつくろ》って弥一にはめしを食べさせてくんな」

と旦那が声を張り上げ、あいよと声がしたかと思うと直ぐに酒と小鉢が出てきた。ひじきと油揚の炊き合わせだ。

「旦那、まあ一杯」

「頂戴《ちょうだい》してよいのか」

「いける口でございましょう、昼間のことだ。一口だけ付き合って下さいよ」

と茶碗に酒を注《つ》がれた高田が、

「これで眩暈《めまい》も消えよう」

とくいっと飲んだ。

「旦那、熱心なところをみると女性《にょしょう》と待ち合わせでございますな」

「馬鹿を申せ」

「違いますので」

しばし迷った高田が、

「われら、いささか窮地に落ちておってな」

名古屋で浪速疾風一味に加わって以来の話を下っ引きの旦那の源太相手に喋ってしまった。

「お侍、そりゃ窮地どころじゃございませんぜ。江戸じゅうに酒江貞政ってお頭の人相描きが張り出されてまさあ。ともかく旦那方は北町奉行所に酌量を願うしか、命が助かる道はございませんよ」

「であるからして、かように協力しておるのだ」

「旦那、なんぞ北町に話してないことはねえんで。もしそいつがあればこの際喋っちまったほうがようございますよ」

「喋るとなんぞ得があるか」

旦那の源太が高田小三郎の茶碗に二杯目を注いだ。

「一味が捕まった後、その事実が分かったら旦那方はなぜ知っておって喋らなかったと北町に吊るし上げ食って、心証を悪くしちまう。つまりは助かる命も助からないわけなんで」

「それは困った」

しばし迷うように沈黙していた高田小三郎が、

「お頭は江戸にそれほど地縁はないと言っておるがな、一人知り合いがおるのだ。女じゃがのう」

「女ね。なぜそいつを承知なので」

「それがし、名古屋で一味に加わって数日後、それがしが呼ばれて飛脚屋に使いに出された。封書は油紙に包まれて宛先がそれがしに知られぬようにしてあったが、飛脚屋の番頭が油紙を解いた折り、江戸下駒込《しもこまごめ》村吉祥寺《きちじょうじ》裏酒江お華《はな》殿と宛先が読めたのだ。そいつを記憶しておった。これはそれがししか知らぬことだ」

「酒江お華か、おもしろうございますな」

「北町奉行所に知らせたほうがいいかのう」

「いずれ知らせねばなりますまいが今じゃねえ。その情報が一番高く売れるときに話されるといい」

「それはいつのことだな」

「江戸の探索が行き詰まったときですよ」

「そうか、そうじゃな」

「しばらくはお侍の胸に秘めておくことですよ」

「おぬしの申すとおりかもしれぬ」

高田小三郎の手が徳利に伸びた。

「お侍、同輩の方も待っておられる。めしを食して交代なされませ。ここの支払いはわっしがなんとかしますでな」

「えっ、馳走《ちそう》になってよいのか。橋本どののもおるでな、腰を落ち着けて酒を飲むわけにはいくまいな」

と酒に未練を残した高田小三郎に旦那の源太が膳を頼んだ。

四

宗五郎一行は、山狩りの鉄砲の音に脅《おびや》かされながらも底倉、蛇骨野《じやこつの》、小涌谷《こわきだに》、猿の茶屋、笛塚、湯坂路《ゆさかみち》と登り詰めて、夕暮れ七つ（四時）前には芦ノ湯の湯治宿鷹巣屋《たかのすや》に到着した。

此度の湯治で一番の難路だ。

年寄り夫婦二組を交えた一行が、杖にすがりながらもしほがおえいの手をとり、忠三郎が松六の腰を押したりしながら自分の足でなんとか歩き通したことになる。

「金座裏の親分さん、よう参られました」

鷹巣屋の主《あるじ》の神右衛門《しんえもん》が出迎えた。

芦ノ湯の湯治宿は藁葺《わらぶ》き屋根の傾斜がきつい造りだった。外観からも湯治場の古さが窺《うかが》えるほど、古色《こしよく》に包まれていた。

「山狩りの鉄砲の音から逃れようとせっせと歩いたのがよかったかもしれませんな。なんとか無事に芦ノ湯に辿《たど》り着きましたよ」

一行の頭分の宗五郎がほっと安堵《あんど》の表情で胸を撫《な》でおろした。

箱根七湯の一番高所に湧く芦ノ湯は、周りを駒ヶ岳、鷹巣山、上二子山《かみふたごやま》の山々に囲まれ、古くから知られた湯治場で、七湯の中でただ一つ渓流沿いにない湯治場だった。湯治宿は寛文二年（一六六二）創業の松坂屋、正徳年間に湯治宿を始めたきのくにやなど数軒が緑の中に点在していたが、阿字《あじ》ヶ池の端にある鷹巣屋も老舗《しにせ》の一軒であった。

松六とおえいは、さすがに鷹巣屋の土間の上がり框《がまち》に腰を落として口も利けない様子でしばし弾む息を鎮めていたが、

「宗五郎さん、さすがに箱根は天下の険《けん》だ。なかなか険《けわ》しゅうございましたな」

とうんざりとした声で言った。

「おまえ様、わたしゃ、途中でどうなることかと思いましたが、宿の玄関を見たときには、私もまだまだ捨てたものではない、これで五年や十年長生きできると思いましたよ」

一方、おえいは爽《さわ》やかな口調で応じたものだ。

「親分さん、熱海に下るときはもう大きな峠はございますまいな」

松六よりずっと若い清蔵もぐったりとした顔付きだ。

「おまえさん、親分に泣きごと言ってどうするんですよ。本日が一番の難路と朝から親分が何度も申されたでしょうが。熱海は海ですよ、箱根から下り道に決まっています。今晩よりこちらの宿にお世話になるんです、山の湯が楽しみです」

とせが亭主に言い返した。

「ささ、皆さん、草鞋の紐《ひも》を解いて下さいな」

しほの声に男衆より女衆が元気に応じて草鞋を脱いだ。

「親分さん、この湯にも御用で見えられたか」

松六が土間の囲炉裏端で切り株に腰をおろして煙草《タバコ》入れを抜き、一服の仕度を始めた。すると清蔵も、

「まずは芦ノ湯到着を祝って駆け付け煙草と致しますかな」

とこちらも真似た。宗五郎も二人の隠居に合わせるように腰の煙草入れに手を伸ばした。

「わっしが親父《おやじ》に連れられてこの湯に最初に来たのは、安永四、五年のことでしたよ。わっしが十五、六でしたかね、今から二十五、六年も前のことだ。わっしは金座裏の跡継ぎと腹を固めて親父の下で修業を始めたばかりでございましてね、折りから江戸で押込み強盗を働いた一味が、押し入った先のお店の娘さんをかっさらって六郷川を

渡って東海道を逃げやがったんです」

「ほうほう」

と捕物話が好きな清蔵が身を乗り出した。

「親父とわっしと手先二人の四人は、尾張《おわり》町裏の畳問屋備後屋《びんごや》の大旦那に泣きつかれて、懐に十手を忍ばせて東海道を南に下り始めたんで。

最初に一味の影を踏んだのは小田原外れの湯本でね、半日違いで七湯道を発ったと聞いて、親父もわっしらも張り切りましたよ。ともかく般若《はんにゃ》の染五郎《そめごろう》一味を引っ捕まえて、娘さんを取り戻し、江戸に帰りたい一心で今日、登ってきた道を必死で追っかけてきたと思いなせえ」

宗五郎が宿に着いた安堵から昔話を本式に始めた。すると宿の主の神右衛門が、

「そうでしたそうでした。夕暮れ前、うちの前で般若一味五人と金座裏の親分方、鉢合わせだ。今も覚えていますよ、八代目の親分の渋い啖呵《たんか》をね」

「ほう、八代目が啖呵を切りなさったか」

清蔵が囲炉裏端から神右衛門へと顔を向けた。

「般若の染五郎、押込み強盗が侵してならねえ法がある！　殺し、犯し、拐《かどわか》し、火付けの四つだ。おめえら、備後屋のお嬢さんに気持ちを残したか、拐すとは罪深いぜ！

とね。今も先代宗五郎親分の声を覚えていますよ」

「ほうほう、それでどうなりました」

「どうもこうも始末に困った幕引きでしたね」

宗五郎が煙管で一服して苦笑いした。

「おや、それはまたどういうことですね」

「松六様、清蔵の旦那、女の気持ちは分からないもんだね。般若の染五郎の弟が十九で、こいつが役者にしてもいいような色男でね、この文太郎《ぶんたろう》と備後屋の娘が逃避行の最中に理《わり》ない仲になりましてね、親分さん、私は文太郎さんと一緒に所帯を持ちます、どうか文太郎さんをお縄にしないでお見逃し下さいましと、目尻《めじり》吊り上げの強談判《こわだんぱん》だ」

「おやおや」

「娘さんを助けたい一心で江戸から追ってきたというのに意外な展開に、親父もわっしらも呆《あき》れかえりましたよ。だが、御用は御用、親父がお嬢さん、了見違いをしちゃならねえ。般若の一味は備後屋さんばかりに押込み強盗を働いたんじゃねえ、江戸で三軒大店《おおだな》に押し込んで都合四百数十両も強奪した大悪人だ。お縄にしなきゃあ、金座裏の面目が立たないんですよとね、親父が啖呵を切ったのをきっかけに般若一味の道《どう》中差《ちゅうざし》を振り回し、わっしらも十手で応じての大立ち回りだ」

「だが、いくら押込み強盗一味といっても金座裏の面々には敵《かな》いっこなしでしたよ。先代が頭分の染五郎の額を十手で打ち据えたのをしおに一味は総崩れ、取り押さえられましたな。その傍らで娘さんがわあわあ泣いて、なんとも奇妙な捕物でしたな」

神右衛門も二十五、六年前の捕物の様子を語って苦笑いした。

「備後屋は畳問屋さんでしたな」

「松六様、いかにもさようで。この押込み強盗騒ぎがケチの付き始め、お嬢さんが文太郎に惚《ほ》れた話を読売《よみうり》が書き立てたものだから、商いが続けられずお店の看板を下ろしましたっけ。わっしら、必死にお嬢さんのことなどを内緒にして江戸まで戻ってきたのに、ご当人が大番屋に押しかけて、文太郎さん、どこにおられます、一目会わせて下さいと泣き叫ぶものだから、江戸じゅうが知る話になっちまった。なんだか、最初から最後までしまらない捕物でした」

宗五郎が笑って、ぽんぽんと煙草の灰を囲炉裏に落とした。

「親分、般若の一味はどうなったので」

清蔵が問うた。

「江戸だけで盗んだ金子が四、五百両。それに押し込んだ先で手向かった手代一人を殺し、番頭ら数人に怪我《けが》を負わせていたこともあって、五人には獄門やら遠島の沙汰《さた》がおりましたっけ。今より押込み強盗に厳しい時代でしたからね。なんでも小塚原《こづかっぱら》に文太郎恋しの女が出るなんて噂《うわさ》がその後に流れましたっけね」

宗五郎が話を締め括《くく》った。

しばし炉端に沈黙が続いた。

女衆が外湯にいく気配が玄関土間までしてきた。

芦ノ湯には、底なし湯、中之湯、小風呂、大風呂といくつかの共同の湯もあった。湯治客は滞在中にあちらこちらの湯に入るのが楽しみの一つだったのだ。

「親分さん、備後屋のお嬢さん、おそのさんと申しませんでしたかな」

口を開いたのは神右衛門だ。

「そうだ、確かにおそのさんでしたよ。あのとき、十七、八だったかね。器量も気立ても悪くはなかった、ただ文太郎に惚れたのが因果だ」

神右衛門の話に宗五郎が相槌《あいづち》を打つように答えた。

「親分、今から六、七年前のことかね。この湯治宿に年老いた女の遍路さんが立ったと思いなせえ」

「まさか」

「へえ、そのまさかでしたよ。あの時のおそのさんが諸国をへめぐり、文太郎の菩提《ぼだい》を弔《とむら》う姿にございました」

「こりゃ、驚いた。おそのさんはどこかに嫁にでも行かれたかと思うておりましたが、押込み強盗に惚れて、生涯菩提を弔う暮らしをしておりましたか」

「いえね、私も最初はおこもさんのように汚れ放題の遍路さんがあの娘さんだなんて気が付きはしませんよ。ですが、あまりにも玄関先で熱心に御詠歌を上げられるもんで中に入れて、話を聞く気になったんですよ。こんな山中の湯治場に遍路さんが訪れることはまずございませんからね」

「でしょうな」

と松六が神右衛門の話に応じた。

「あんまり汚れ放題なもので外湯に浸《つ》からせ、女衆に着替えを持っていかせました。いくらかさっぱりとした体の遍路さんが囲炉裏端に来て、『旦那様、こちらに世話になるのは初めてではございません』と言い出されても私は分かりませんでしたよ。おそのさんなら四十をいくつか越えた年だ。ところが目の前の女は六十を超えた年寄り女に見えました」

「苦労したのかね」

宗五郎が今度は神右衛門の言葉に応じた。

「ぼそりぼそりと語り始めた遍路さんとあの捕物騒ぎで取り乱していた娘さんの姿は最後までなかなか私の頭の中で重なりませんでした、あまりの変わりようにね」

「驚きましたな、間違いではないんで」

神右衛門が顔を横に振った。

「親分、今になってみたらあの遍路さんが備後屋の娘さんであったことは間違いございません。それにしても人生にはいろいろな模様があるもんでございますね」

また囲炉裏端に沈黙が続いた。

「わっしら、この稼業を長らく続けていると奇妙なことに時々出くわします。この話もその一つだ」

「ご主人、遍路のおそのさんはどちらに向かわれたんですね」

清蔵が聞いた。

「熊野巡りから四国八十八か所巡りに向かうと言い残されて次の朝、出ていかれました」

「熊野巡りに四国遍路ね、長い旅路だ。お遍路さんの願いが叶《かな》えられるならばいいが」

と松六が呟《つぶや》く。

「ご隠居、願いは全《まっと》うできなかったかもしれません」

「またそれはどうしたことで」

「おそのさんは重い病に掛かっていたと思いますよ」

神右衛門が言い切った。

また鉄砲の音がかすかに響いてきた。

「人の一生とは不思議なものですな、押込み強盗と情を交わし、ついにその人の菩提を弔う生涯をすごす女もいるなんて」

清蔵がしみじみと言った。

「私らのように江戸の一角で代々の暖簾を守り、時を過ごす者もいる」

「あれも一生ならこれも一生ですよ」

と男たちが土間の囲炉裏の火を眺めていると、

「あら、親分さん方、まだ草鞋も脱いでないんですか。私たち、お先に湯に浸かりに参りますよ」

とせの声が玄関先に響き、

「湯は逃げはしませんでな、おまえさん方は好き放題湯に浸かりなされ」

という清蔵の優しい返事が囲炉裏端にした。

宗五郎は煙草入れに煙管を戻すと鷹巣屋の玄関に出た。
十五、六の若い衆の姿が脳裏に浮かんだ。
周太郎《しゅうたろう》と呼ばれていた頃の自分だ。

あの頃、親父の教えを守るのに必死だった。

金座裏の御用がなにか、ただただ悪人を追う日々に夢中だった。九代目を継いで何百人の悪人をお縄にしたか。その中には獄門に首を曝した者たちもいた。

悪人もまた人の子、と無情憐憫が分かるようになったのはこの十年も前のことか。

おそのも悪人とはいえ人の子の文太郎に人生を狂わされた女だったか。

いや、そうじゃない。おそのはおそので文太郎との刹那《せつな》の恋を全うした女ではなかろうか。短い逢瀬《おうせ》と別れを生涯かけて償《つぐな》う恋もある、と宗五郎は思い、箱根の山に向かって手を合わせていた。


政次と八百亀の視線の先に暮れ泥《なず》む日本橋の橋上の高田小三郎と橋本大之進の影が黒々とあった。

二人の影は橋の上に一日立ちん棒をして疲れ切っていた。

なにごとか話し合うと二人が動き始めた。昨夜泊まった木賃屋に向かったのだろう。その後をだんご屋の三喜松らが見え隠れに追っている筈だ。

「若親分、今日は無駄足だったな」

彦四郎が呟いた。

「彦四郎、そうでもないよ。私はね、必ずやあの二人に酒江貞政一味が連絡《つなぎ》をつけてくると確信しているよ」

「ほう、そんなものかね」

「ああ、必ず明日か明後日《あさって》には浪速疾風一味は動くよ」

「あれだけしほさんの人相描きが張り出されているんだぜ」

「悪党というものは不思議な輩《やから》だ。挑発されればされるほど、むきになって動くもんですよ」

と政次の声が確信を持って答えていた。

政次と八百亀が金座裏に戻ると亮吉が、

「若親分、あの二人、通旅籠町の木賃屋に戻ったぜ」

と報告にきた。その亮吉の姿からしじみの臭《にお》いが漂ってきた。

「稲荷の兄きらが木賃屋を見張っているけどよ、おれたちの他にあいつらに尾行がついたとも思えないよ」

「今のところ浪速疾風一味はあの二人の近くまで寄ってないよ」

「様子を見ているのかね」

「明日か明後日には必ずや接触してくるよ」

「それまであの二人の旅籠賃が続くかね」

亮吉はそのことを気にした。

「若親分、戻っておられますかえ」

と玄関に旦那の源太の声がして恰幅のいい下っ引きが居間に姿を見せた。

「ご苦労でしたね」

と丁寧に政次が下っ引きに声をかけた。

「おやっ、旦那の源太の小鼻がひくひくしてねえか」

と八百亀がどっかと座る源太を睨んだ。

「八百亀の兄さん、伊達に年は取ってねえね」

と苦笑いした源太が、

「若親分、疾風一味の頭分酒江貞政には、娘がおりましたぜ」

とちょっぴり得意げに言い出した。

「娘だと」

「腹を空かせた人間は弱いね」

「旦那、話せ」

八百亀が勿体《もったい》ぶる源太を急《せ》かせた。

「へえ、事の始まりは高田小三郎って侍をめし屋に誘ったことだ」

と高田が隠していた事実を探り出した経緯を語った。

「あの野郎、そんなことを胸に秘めてやがったか」

と八百亀が憤懣《ふんまん》やるかたないという顔をして、

「若親分、娘は一味かね」

と政次に聞いた。

「源太兄いはまだ言い残したことがありそうだよ」

「おや、段々若親分は九代目に似てくるよ。いかにもさようなんで」

「今日の源太はえらく焦《じ》らしやがるな」

「下駒込村吉祥寺裏に小体《こてい》の妾宅《しょうたく》がございましてね、酒江お華こと草華《そうか》師匠はこの界隈の娘たちに華道を教えているんでございますよ。旦那は、東叡山《とうえいざん》春性院の睡然《すいねん》って生臭《なまぐさ》坊主でしてね、三日に一度、日が暮れて姿を見せるようなんで」

「旦那、どうして貞政の娘と決め付けたんですね、女かもしれないじゃありませんか」

「へえ、そこなんで。お華は京なまりの言葉を話すそうですが、弟子たちに父親が上方にいると自慢げに語っているんですよ。だが、その父親が下駒込村の妾宅に姿を見せたことは一度もないそうです。そいつは近所の聞き込みで分かってます。また旦那の坊主とは仲むつまじいそうで、三日に一度、夜どおし鶯《うぐいす》が下駒込村に夜鳴きするそうですよ」

「旦那、お華が娘としようじゃないか。親父が浪速疾風一味なんて押込み強盗の頭分と承知しているのか、その辺はどうだい」

「八百亀の兄い、そいつを調べるのは兄いらの仕事だ。だがよ、おれの勘では娘は父親が上方から手配が回るほどの悪人とは思っている風はないな」

「どうしてわかる」

「ちらりとお華の顔を見たがな、どう見ても悪人面《づら》には見えなかったぜ」

と旦那の源太の調べは中途半端だった。

「八百亀の兄い、下駒込村に二人ばかり人手を割いてお華の身辺を見張ろう」

「伝次とわっしが明朝から張り着きます」

「願います」

と政次が八百亀に応じて、酒江貞政一味の見張りの網はさらに広がった。

第四話　中橋広小路の大捕物

一

金座裏《きんざうら》の面々の無益な張り込みが一日二日と続いた。

日本橋の上で待ち受ける高田小三郎《たかだこさぶろう》と橋本大之進《はしもとだいのしん》にも次第に苛立《いらだ》ちと焦《あせ》りが募《つの》る様子が見えた。

政次《せいじ》は旦那《だんな》の源太《げんた》に命じて魚河岸《うおがし》のめし屋で偶然会った装いを取らせ、その夕方、煮売り酒場と変わっためし屋に二人を呼ばせた。むろん、二人に浪速疾風《なにわはやて》一味の尾行がついてないことを慎重に探った上のことだ。

「連日、ご苦労にございますな」

旦那の源太が高田小三郎と橋本大之進を労《ねぎら》った。この日は小僧の弥一《やいち》はつれてなく、源太一人だった。

「艾屋《もぐさや》、もはやお頭はそれがしのことを忘れておるのではないか」

と高田小三郎が言い出した。

「いえ、そんなわけはございませんよ。お頭の人相描きがあちらこちらに張り出されておりますからな、用心に用心を重ねておるのでございましょう」

と源太も仲間内のように答えた。

「われら、今晩の宿賃も都合がつかぬ。この時節に外に過ごし、また明日から橋上で待つのは無理だ」

と橋本が泣きごとをいった。

「そりゃたしかに無理にございますよ。まあ、そいつはわっしがなんとか考えます。今宵《こよい》は一日の憂さを忘れて飲んで下さい」

「昼餉《ひるげ》を馳走《ちそう》になった上、酒を頂戴《ちょうだい》しては相《あい》すまぬ」

と高田小三郎が取って付けたようにすまながった。

「なあに、煮売り酒場の飲み代《しろ》なんて高が知れてますよ。旦那方と知り合ったのもなにかの縁だ。最後までこの艾売りの源太が面倒を見させてもらいますからね、大船に乗った気でいなせえ」

旦那の源太がぽーんと胸を一つ叩《たた》いた。こんなときの源太は恰幅《かっぷく》がいいせいで、大旦那然と見えた。

「そうだ、最前の話だがわっしが酒に酔って忘れてもいけませんや。高田様、橋本様、今宵の宿代をここに一分《ぶ》ほど包んでおきました。野宿なんてなさることはございませんよ」

と差し出すと、

「すまぬ、源太どの。江戸の人間は人情が薄い、冷たいと聞かされてきたが、そなたのような心の温かい江戸者もいるのだな」

泣きださんばかりの顔で高田が一分の入った包みを押し戴《いただ》いた。

名古屋で食うに困って浪速疾風一味の誘いを受けたというのは真《まこと》のことであろうと旦那の源太は確信した。この二人、とても冷酷非情の押込み強盗の一味にはなりきれまいとも思った。

「お待ちどおさん、旦那」

と酒肴《しゅこう》が運ばれてきた。

「熱燗《あつかん》の酒の香りなど久しぶりじゃ」

と高田が呻《うめ》いた。

「なんともいい匂《にお》いかな」

橋本もくんくんと鼻腔《びこう》を広げた。

「まあ、一杯」

　と源太に勧められてこの宵、二人は六、七合の酒を飲み、夕餉を食して店の前で、

「源太どの、また明日な」

「木賃屋《きちんや》にまっすぐに戻るんですぜ」

「相分かった」

　いささか足取りがふらつく二人を尾行するのは常丸《つねまる》、亮吉《りようきち》らの金座裏の若手の手先連だ。

　一方、役目を果たした旦那の源太が金座裏に姿を見せて、待ち受ける政次の前にどっかと座った。

「旦那の兄さん、ご苦労でした」

「若親分、二人を慰めながらなんとなく浪速疾風の一味、江戸を離れたんじゃないかと思ったんですがね」

「どうしてそう考えなすったのですね」

「しほさんの人相描きが江戸じゅうに張り出されて身動きつきますまい。とはいえ江戸をあてにしてきた連中だ。急ぎ働きをして、さあっと江戸を離れているんじゃないですかね」

「今のところ疾風一味が押し入ったという情報はありませんよ」

「となると用心深くさっさと江戸を離れたか」

「それも一理です。ですが、疾風一味が務めも果たさず江戸をあとにしたとも思えませんのさ、源太兄さん」

「そうかね」

「今は あの二人も私どもも耐えて待つしかございますまい」

と政次が腹を括《くく》った声音《こわね》で言い返した。へえ、と答えた旦那が、

「下駒込村にはなんぞ異変がございますので」

「あちらは八百亀《やおかめ》の兄さんが見張り所を設けて頑張ってますがね、父親の酒江貞政《しゅこうさだまさ》が娘に連絡をとってきた様子はありません。こちらも辛抱のしどころ、我慢のし合いですね」

と政次が答えたところに木枯らしと一緒に亮吉が飛び込んできた。

「若親分、あいつら、木賃屋に戻ったぜ」

「ご苦労だったね」

ふうっ
と外の寒気を思わせる息を一つ吐いた亮吉が、

「おりゃ、疾風一味は隠し金に手をつける算段で上方に舞い戻ったと見たね」

と言い出した。

「亮吉も旦那の兄さんと同じ考えかえ」

「しほちゃんの絵がうま過ぎらあ。あれじゃあ、湯屋にだっていけめえ」

「しほの絵があやつらの江戸での悪行を止めたとすれば、それはそれでよしとすべきでしょうね。だが、亮吉、私は酒江貞政一味が江戸に潜伏して、押込み強盗の機会を狙《ねら》っているとみているがね」

「あの二人だって頼りねえしよ、酒江貞政って頭分なんぞもあの二人のことなんぞ忘れているぜ」

「私はそうは見ないね。一旦《いったん》手下に加えた者だ、必ずや連絡《つなぎ》が入ります」

そうかねえ、と亮吉が首を捻《ひね》ったところに再び玄関戸が開いて風が吹き込んできた。

居間に静かに入ってきたのは八百亀だ。

「どうしなさった、八百亀の兄さん」

ぴたりと政次の前に正座した八百亀が、

「若親分、ドジをふんだ。なんとも申し訳ねえ」

と頭を下げた。

「どうしなさった」

と政次が穏やかに金座裏の老練な手下に問い返した。顔を上げた八百亀の表情は険しかった。

「お華《はな》を甘く見たかもしれねえ」

「ほう」

「若親分、夕暮れには、小女《こおんな》を連れたお華はイタダキ横丁の湯屋に行くのが習わしだ、今日も七つ（午後四時）過ぎに出かけていった。おれは伝次《でんじ》を先回りさせて湯屋までつけたと思いなせえ。いつもは三助《さんすけ》を頼んで半刻（一時間）ほど湯屋で女を磨く、今日もね、伝次を湯屋の裏口に、おれが表口に見張っていたが半刻過ぎても出てくる気配はねえ。そこでおれは腹を括って番台のおかみさんに、お華と小女のことを尋ねたんだ。最初はなんかと言《げん》を左右して答えようとしないばかりか、あんまり五月蠅《うるさ》いと町方に訴えるよと険しい表情でいうもので、おれも身分を明かさざるをえなくなった。そこでおかみさんが答えた返事がいいや、怪しげな男が湯屋帰りに付けてくるんで、母屋の玄関から出させてくれないかとお華が頼んだそうだ」

「なにっ、八百亀の兄さんは痴漢に間違われたか」

亮吉が頓狂《とんきょう》な声を張り上げた。

八百亀の血相が変わったが、怒りを押し殺した。

「亮吉、口が過ぎるよ。八百亀は報告の途中だ」

政次がびしりと叱《しか》り付けた。

「わっしらは急ぎ妾宅《しょうたく》に戻ったがね、お華も小女も戻った様子がない。その内、旦那の坊さんが来て、閉め出しを食ったようにうろうろしてやがる。どうやらこんなことはこれまでなかった様子なんで」

「お華は逃げましたか」

「なんともいえねえ。伝次を下駒込村に残して、まずは若親分に報告をとすっ飛んで戻ってきたところなんで」

「八百亀が珍しくドジをふんだお陰ではっきりしたことがありますよ」

「なんですね、はっきりとしたことって」

「旦那の源太兄さんからも亮吉からも浪速疾風一味は江戸で務めをすることを諦《あきら》めて、上方に舞い戻ったのではないかと責められていたところです。父親から手紙を貰《もら》ったお華が湯屋を利用して、八百亀の兄さんの目を掻《か》い潜《くぐ》って逃げたとしたら考えられることはただ一つです」

「親父の酒江貞政と合流したと申されるので」

「とは考えられませんか、八百亀の兄さん」

八百亀が考え込んだ。

「若親分、お華は見張りに気付いていたのかね」

亮吉が遠慮げに聞いた。

「見張りに気付いていたとは思えない。浪速疾風一味は前々から江戸での押込み強盗を考えて、お華を送り込んでいたんじゃないかね。父親と会うときは細心の注意を払うように厳命されていた筈《はず》だ。その言葉を守った結果だろうね」

「なんのためにだい、若親分」

「お華は華道の師匠といったね、江戸で押込みを働く先の目星をつけるために前々から江戸に住まわされていたとしたらどうだね。つまりは引き込み方だ、これはあくまで私の推量に過ぎないがね」

「若親分、そいつはあたっているかもしれないぜ」

と下っ引きの源太が言い出した。

「もしその線が図星ならばお華が父親の貞政と合流し、押込み先が定まったとしよう。あとは仲間を揃《そろ》えて一気に急ぎ働きをしのけるよ」

「どうする、若親分」

亮吉が手配りを催促した。

「八百亀の兄さん、私を下駒込村に案内してくれませんか」

「へえ、お安い御用ですが」

と答えた八百亀が、

「どうなさるおつもりで」

と問い返した。

「疾風一味の向こうを張って、お華の妾宅に忍び込んでみましょうかね。なにか分かるかもしれませんよ」

合点でと八百亀が応じ、亮吉が立ち上がりかけた。

「今晩は私に任せてくれないか」

亮吉を制した政次は、神棚の三方《さんぼう》から銀のなえしを取って後ろ帯に挟んだ。

日光御成《おなり》街道に沿って南北に延びる下駒込村は、明暦《めいれき》の大火以後、町屋化して百姓町屋、寺社門前町に変わっていった一帯だ。村内には鷹匠《たかじょう》屋敷、鷹匠方同心屋敷、御鷹仕込場など御鷹に関《かか》わる屋敷や長屋が多く見られた。また百姓地の間に小洒落《こじゃれ》た隠宅、妾宅、庵《いおり》などが点在して、江戸の匂いが漂う界隈《かいわい》であった。

政次と八百亀が下駒込村の酒江お華の小体《こてい》の家近くの見張所に顔を覗《のぞ》かせると伝次が所在なげに見張りを務めていた。

「若親分」

とすまなそうな顔をした伝次に、

「ご苦労さん、お華と小女は戻ってきましたか」

と尋ねた。

「それが未《ま》だ」

「旦那の坊さんは、どうしたね」

「睡然《すいねん》さんですかえ。未練ありげに最前まで家に入ったり、玄関から表を覗いたりしていましたがね、さすがに諦めたか春性院に戻っていったようです」

「伝次、見張りを続けておくれ」

「へえ、お華は戻ってきますかね」

「戻ってくるとしても今晩ではあるまい。私と八百亀が忍び込むからね、だれぞ来るようなら、おまえの得意な指笛で教えておくれ」

へえ、と急に張り切った伝次が答えた。

八百亀がお華の家の玄関戸を横手に押すとするすると開いた。

旦那の睡然は戸締りもせずに寺に戻ったようだ。

「もっけの幸いですぜ」

玄関戸を押し開くと八百亀が先頭で政次が続いて妾宅に忍び込んだ。見張りを続けていただけに八百亀は、家の様子の見当がついているらしく、

「若親分、しばらくこちらで待っておくんなせえ。行灯《あんどん》を灯《とも》しますのでね」

と暗闇《くらやみ》の中に八百亀の姿が没し、しばらくすると奥でぼおっと灯《あか》りが灯った。

政次は草履《ぞうり》を脱ぐと底を打ち合わせて懐に入れた。むろんいつどこからでも逃げられるように八百亀も履物を携えていた。

八百亀が居間に立っていた。

長火鉢には貧乏徳利と茶碗が残されていた。

旦那の睡然がお華を待つ間に酒で気分を紛らしていた残骸《ざんがい》だろう。

「八百亀、なんぞ親父との関わりがあるものが見付かるとよいのですがね」

「座敷はお華が華道を教える離れ屋の茶室を除き、小女の部屋を入れて三間、台所の板の間だけの家ですよ。一刻もあれば洗いざらい調べ上げることはできましょう。わっしは寝間から始めます」

と八百亀が隣座敷に入っていった。

政次は六畳の居間を見回した。

なにか隠すとすれば一番多くの時間を過ごしている居間だろうか。しばし考えた政次は、行灯を手に廊下で結ばれた離れ屋に向かった。そこはお華が草華《そうか》師匠として華道を教える茶室だった。床《とこ》の間《ま》付きの座敷の端に水屋が設《しつら》えられていた。

平床の間には寒椿《かんつばき》が活けられていたが、その他は道具とてない座敷だった。炉が切られた一角に小ぶりな自在鉤《じざいかぎ》が下げられていた。変わった造りだ。

政次は無人の離れ屋に座して沈思した。

父親の酒江貞政が、押込み強盗の最後を江戸でしのけるために娘のお華を前もって江戸に潜入させ、華道を教えながら押込み先を探らせていたとしたら、お華はどう行動してきたか。旦那は東叡山《とうえいざん》春性院の坊主だ。寺に忍び込むことも考えられたが、やはり大金を内蔵に蓄えているのは江戸の豪商だろう。

お華はそのような分限者《ぶげんしゃ》の娘や嫁を相手に華道を教えていたという。その辺になにか企《たくら》みはないか。

ふと、政次の目がどことなく茶室に似つかわしくない自在鉤にいった。

なぜこのような茶室に自在鉤を設《もう》けたか。

政次は立ち上がると自在鉤に手をかけた。すると自在鉤がするすると下がり、床が横へ滑って、中に幅一尺五寸（約四十五センチ）長さ二尺ほどの隠し穴が突然覗き、油紙に包まれたものが入っていた。

政次は油紙で包まれたものを取りだし、油紙を開くと画箋紙《がせんし》に大家《たいけ》か大店《おおだな》と思える間取りが描きかけのままに何枚も出てきた。

「ほう、これはこれは」

と政次が呟《つぶや》くところに、

「若親分、なんぞございましたか」

と八百亀が顔を覗かせた。

「八百亀の兄さん、こいつをどう見ますね」

政次が畳の上に描きかけの図面を広げた。

「なんともこの家に似つかわしいものじゃございませんか」

「お華の女門弟は江戸でも分限者や豪商の娘や嫁だそうな。稽古《けいこ》の最中にあれこれと洩《も》らす言葉の断片からこの見取り図が描かれるのではありませんか」

「すると女門弟の家に疾風一味は押し込もうという算段で」

「と考えたのですがね。華道の師匠なれば出稽古ということもありましょう、実際に見て少しずつ描き足していく過程ではありませんか」

「ありえますぜ」

「八百亀、お華はこの家に戻ってくる心積もりと見ましたね」

「わっしもそう思います」

と八百亀が懐から鍵束《かぎたば》をざらざらと出した。

「こいつが寝間の天井裏に隠してございました」

「新しい鍵のようですね」

「へえ、此度の押込み強盗に使う鍵束としたら当然取りに戻ってきましょうな」

「よし、お華の戻ってくる前に元通りにして逃げ出そうか」

「泥棒の真似《まね》も気を使うことで」

と言い残した八百亀がまた寝間に戻って行き、政次は丁寧に描けかけの図面を油紙に包んで隠し穴に元通りに仕舞った。

「若親分、箱根は寒かろうな」

「湯に浸《つ》かっての雪見も悪くありませんよ」

「いつかわっしらも行けますかね」

「さあて何十年後に、そのような機会が巡ってきますか。その時は八百亀の兄さん、お供を願いますよ」

「ふっふっふ」

と八百亀が笑い、二人は妾宅から抜け出した。

二

肥州浪人高田小三郎と備州浪人橋本大之進の二人が日本橋の上に疾風一味からの連絡を待って立つようになって三日目を迎えた。

政次は彦四郎《ひこしろう》が船頭の荷足《にた》り舟にいかにも人足《にんそく》の体《てい》で乗り込み、橋上の二人を見張っていた。

橋の北詰にしじみ売りの亮吉と触れ売りの野菜屋のだんご屋の三喜松、南詰に花売りの常丸、暦売りの稲荷《いなり》の正太《しょうた》の布陣は変わりない。

下駒込村には八百亀が出張《でば》り、伝次に波太郎《なみたろう》が助っ人に入り、お華の帰りを待っていた。だが、お華が戻ってくる様子はないという。

この昼過ぎ、波太郎が八百亀の伝言を持って姿を見せた。お華が妾宅に戻る様子はなく、旦那の睡然が何度も様子を見にきたという。

八百亀は睡然に身分を隠して接触した経緯を告げてきた。これまでお華が無断で外

泊をしたことはないという。それだけに身を案じているというのだ。八百亀はまた、お華の女弟子を知らないかと睡然に尋ねると、

「室町《むろまち》二丁目の朝鮮人参《にんじん》問屋の嫁」

が出稽古の弟子の一人と聞いたことがあると答えたそうな。

もうしばらく張り込みを続けてほしいと波太郎に言付けを頼むと、人足の風体から金座裏の若親分のなりに戻し、室町二丁目の朝鮮人参問屋肥前屋《ひぜんや》八右衛門《はちえもん》方を尋ねた。

金座裏とは同じ町内といっていい肥前屋だ。

渡来ものの朝鮮人参は高価な漢方薬だけに肥前屋の間口《まぐち》はさほど大きくはないが、どっしりとした構えで、医師や大尽《だいじん》相手の商いの肥前屋の豊かな内所《ないしょ》が見えた。

「おや、金座裏の若親分さん、本日はお一人で何用ですな」

番頭が目ざとく政次の姿を認めて声をかけてきた。

「信蔵《しんぞう》さん、おしんさんに会いに来たのです」

「おしん様がなにか御用の関わりがございますので」

「いえね、おしんさんには直《じか》に関わりがないことでございますよ」

で、ございましょうな、と答えながら信蔵は奥に政次の意を通じた。すると奥からおしんが姿を見せて、

「あら、政次若親分、しほさんが湯治の間に私を口説《くど》きにきたの」

と年増《としま》の貫禄で尋ねたものだ。

「おしんさん、下駒込村のお華師匠の下に今も通っておられますか」

「お華さんのことだったの。出稽古に一度来てもらったんだけど、熱心に店から奥まで活けた花を飾っていかれたわ。あんまり熱心すぎてもうちの商いに差しさわりが出るというので、出稽古はその一度っきり。薬臭いところに花の香りはどうもね」

と首をおしんが捻った。

「それ以来なんとなく下駒込村に行ってないのよね。お華師匠がどうかしたの、政次さん」

「お華さんは教え上手のお師匠さんだそうですね」

「あのはんなりとした京言葉は悪くありませんな」

と番頭が答え、

「大旦那様が、奥まで入ってこられるのはいささか困ると申されて、出稽古はあの一度きりに終わったんでしたな」

「私がいけなかったの。お華さんの熱心さに負けてお店に呼んだのが」

「そうでしたか」

「どうかしたの」

「いえね、お華さんが急に姿を消したと旦那の睡然さんが心配しているものですからね、かように弟子筋を聞いてあるいているんですよ」

政次は当たり障《さわ》りのない返答で誤魔化《ごまか》した。

「おしんさん、出稽古の相手ですが、お華師匠が熱心に通うお店を知りませんか」

「そりゃ、中橋広小路の唐薬種《とうやくしゅ》十組問屋の唐國屋《からくにや》さんのとこね。あそこのお嬢さんのおたえさんはお華師匠の大のお気に入りのお弟子さんよ。まるで妹のように可愛《かわい》がり、出稽古に行くと昼餉を馳走になって帰る付き合いと聞いているけど」

おしんの口調には含みがあった。

「おたえさんは今もお華さんのお弟子さんですか」

「間違いなく十日と空けず出稽古に行って、店から奥まで活けた花で飾ってこられる筈よ。なにしろうちと違って薬種が手広く、その分内所も豊かと聞いたから、お師匠さんも手放さないでしょうよ」

おしんがさらに女の嫉妬《しっと》を見せていったものだ。

「だけど、唐國屋さんのお店にお華師匠がいるかしら。いるとしたら三囲《みめぐり》神社裏の唐國屋さんの御寮じゃない。御寮で茶会を催したとき、お花を飾ったことがあると聞いたから」

「おしんさん、お華さんが華道の看板を上げたのはいつのことですね」

「五、六年も前のことかしら。京育ちで肌は抜けるように白いし、美形でしょ。愛想もいいし、目配りも利いておられる。女弟子の間でもお華師匠に懸想《けそう》する人がいるくらいよ」

「おたえさんもその一人にございますか」

「おたえさんにお華師匠を紹介したのは私だけど、私と熱心の度合いが違ったわね」

と答えるおしんに、

「お内儀《かみ》さん、なんでも稽古にうつつを抜かしてはあれこれと差しさわりが出ますよ」

　信蔵が言い切った。

　政次は、日本橋の張り込みの船に戻ると、稲荷の正太を呼び、唐國屋のお店と御寮の内情を探れと命じた。

「稲荷の兄さんのことです、抜かりはないと思いますが、絶対に気取《けど》られてはなりません。唐國屋に華道の師匠のお華が入り込んでないかを確かめてほしいのです」

分かりました、と正太が芝河岸に舫《もや》った荷足り舟から姿を消した。

七つを過ぎた頃、日本橋を見張る面々に緊張が走った。

立ちん棒を続ける高田小三郎に小僧が近付き、結び文のようなものを渡して通町のほうに去っていった。

高田小三郎は橋本大之進を呼んで、結び文を披《ひら》いて読んでいたが、政次には二人の体に緊張が走るのが見えた。

（浪速疾風のお頭酒江貞政からの連絡《つなぎ》だ）

「若親分、小僧は呉服町新道《しんみち》の番太の餓鬼だぜ」

と政次に彦四郎が伝えた。

彦四郎が金座裏の陣容が薄くなっていることを案じて言い出した。

「どうせ銭を何文か貰って使いをしたんだろうが、おれが聞いてこようか」

「頼もうか」

彦四郎は芝河岸から荷足り舟を対岸に移動させて舫い綱を打つと河岸道に飛び上がって消えた。

橋上の高田小三郎と橋本大之進は、連絡がきたというのにその場を動く気配はない。

半刻、一刻が過ぎて二人が室町の方角に歩き出し、花売りに扮した三喜松としじみ売りの亮吉が尾行していった。

　政次は荷足り舟から動かない。すると彦四郎が戻ってきた。

「若親分、番太の餓鬼はやっぱり小遣いを十文貰って結び文を届けたそうだぜ。頼んだ相手は浪人さんだそうな、風体《ふうてい》からして浪速疾風組の腹心井村弦八郎《いむらげんぱちろう》と思える」

「小僧さんはほかになにか言っていたか」

「結び文の中に一両が包みこんであったと見抜いてやがったぜ。それに文を読んでも半刻は絶対に動くなと口頭で伝えている」

「疾風一味、冷酷非情の急ぎ働きと思うたが、なかなか慎重な動きだね」

「若親分、あれだけお頭の人相描きを張り出されてみな、慎重にならざるをえないよ」

「しほの絵が酒江貞政を追い詰めているよ」

「どうするね」

「まず舟を芝河岸に戻しておくれ」

　あいよ、と彦四郎が荷足り舟を最前まで止められていた芝河岸へと舳先《へさき》を向けた。するとそれを見ていた花売りの常丸が立ち上がり、張り込みを終えた。これで金座裏の手先たちの見張りすべてが日本橋から消えたことになる。

荷足り舟が元の場所に戻ったとき、常丸がやってきた。

「若親分、どうするね」

「いったん金座裏に戻ろうか」

彦四郎が心得て荷足り舟を日本橋の下へと向けた。

政次と常丸が金座裏に戻ると神棚のある居間の長火鉢前の大座布団を菊小僧《きくこぞう》が占拠して眠り込んでいた。菊小僧は九代目の宗五郎の代わりでもしているような、安穏《あんのん》な表情で寝ていた。

「どうやら動き始めたようですね」

と常丸が腕を撫《ぶ》した。

「そんな気配だね」

と政次が答えたところに三喜松と亮吉が戻ってきた。

「ご苦労でした」

「若親分、今晩の狙いは北品川宿問答河岸《もんどうがし》の網元鶴家八兵衛《つるやはちべえ》方だぜ」

だんご屋の三喜松が報告した。

「やはり連絡でしたか」

「今晩九つ（午前零時）の刻限、鶴家八兵衛の屋敷門前に来いとの命《めい》が認《したた》めてあり、仕度金に一両が届けられたそうです」

「品川の鶴家ね」

「若親分、鶴家は品川宿で二軒ほど飯盛《めしも》りをおいた旅籠もやっていらあ、内所は豊かな筈だぜ」

亮吉が言い切った。

しばし沈思した政次が、

「亮吉、お華が戻っていなければ下駒込村の見張り所を解くと八百亀の兄さんに伝えてくれないか」

「合点だ」

亮吉が飛び出していった。

「亮吉の野郎、いきなり飛び出していきやがったが、どうしたね」

と借り受けていた荷足り舟を鎌倉河岸の船着場に戻した彦四郎が悠然と姿を見せた。

「八百亀の兄さん方を引き上げるよう命じただけだよ」

「どうやら網を絞るときがきたようだな」

彦四郎は金座裏の手先でもないのに手先のような口で応じた。

「彦四郎、今晩、おめえも付き合うことになりそうだぜ」

と三喜松が笑った。

「親分と広吉《こうきち》さんが欠けた金座裏だ。おれが助っ人しなきゃあ、頭数が足るまいよ」

彦四郎が当然という顔で応じた。

六つの時鐘《ときがね》が鳴っても金座裏では夕餉の膳の前に手先たちの姿はなかった。女衆が政次の命を待っていたが、政次は動く気配はない。

亮吉が八百亀と伝次、波太郎と一緒に金座裏に戻ってきたのは六つ半を過ぎた刻限だ。

「お華も小女も戻ってくる様子はありませんぜ」

と八百亀がまず政次に報告した。

「兄さん、お華に危うくひっかけられるところでしたかね」

「ほう、そんな按排《あんばい》ですかえ」

「なんとなくね。あの家にあれこれと残したのは私たちを下駒込村に引き付ける陽動策と見ましたよ」

「お華ってタマ、親の血ですかねえ」

と苦笑いする八百亀に、

「兄さん、今晩の狙いは北品川宿問答河岸の網元鶴家だそうだぜ」

三喜松が高田小三郎と橋本大之進に届いた指令を八百亀に告げた。

「北品川ね、江戸は危ないってんで品川で一仕事して東海道をすたこら上方に舞い戻るつもりかね」

八百亀が得心したようなしないような顔で自問した。だが、政次はなにも答えない。

「若親分、めしはまだ出さなくていいかね」

と台所の留守を預かるおさんが顔を見せて聞いた。

「おさん、女衆から夕餉を済ませておしまい。そろそろ稲荷の兄さんが戻ってきてもよい刻限なんですよ。しばらく待ちたいと思います」

政次が答えたところに金座裏の格子戸が開く音がした。

「正太の兄さんか」

と出迎えに出た亮吉が、

「若親分、寺坂《てらさか》の旦那だよ」

と叫ぶ声がして、

「ほう、橋付近から消えた面子《メンツ》が金座裏に集まったところを見ると捕物かね、若親分」

と他人事《ひとごと》のような声で寺坂毅《き》一郎《いちろう》が聞いた。

「どうやら今晩と見ました」

「狙われたのはどこだえ」

「寺坂様、北品川問答河岸だって」

亮吉は腹が鳴るのを手で押さえて言った。

「品川宿か、江戸の内かと思ったが違うか」

寺坂はあてが外れたように首を捻り、

「品川となると、そろそろ押し出さねばなるまいな」

「寺坂様、今しばらくお待ち願いますか。稲荷の正太がそろそろ戻ってきてもいい刻限なんで」

と答えた政次が、

「おさん、膳を出してくれませんか」

と寺坂が姿を見せたので最前の考えを変えた。

「若親分、酒はどうしましょうね」

「一人一本あてに付けて下さい」

「今晩捕物かね」

金座裏の女衆が心得顔に頷《うなず》いた。

「今晩は」

と金座裏の玄関で声がして、亮吉が応対に出たが直ぐに戻ってきた。

「若親分、通旅籠町の木賃屋の男衆だ」

「私が出よう」

と政次が出て、手代から報告を聞くと二朱の手間賃を渡して、ご苦労でしたと帰した。

「高田小三郎と橋本大之進の二人が旅仕度で宿を出たそうです」

「品川宿に向かったんだな。うちはこんな呑気《のんき》なことでいいのかね」

亮吉が膳を前にして案じた。

「急《せ》いては事を仕損じるということもありますよ」

「今日の若親分はおかしいぜ」

「そうかね」

「第一あの二人にだれぞ尾行をつけなくていいのかい」

「髪結《かみゆい》の新三《しんざ》兄いが見え隠れに従ってはいますがね。もはやあの二人、江戸には戻ってきますまい」

「えっ、あいつら、浪速疾風一味に舞い戻りか。そんなことでいいのか、若親分」

「あの二人、それなりに働いてくれました。小田原城下で見張りをなした咎《とが》は帳消しでようございましょう」

と政次が寺坂に言った。

「亮吉、焦るでないとよ、若親分がさ」

というと寺坂が政次に燗徳利を差し出した。

「寺坂様、恐縮にございます」

と受けた政次が一旦盃を置くと寺坂の酒器を満たした。

「親分方はのんびりと湯三昧《ざんまい》でしょうね」

「箱根の湯も飽きたというので、そろそろ山を下り、熱海に明朝あたりは向かう頃だぜ」

「でしょうね」

「若親分は熱海に行ったことがあるかえ」

「松坂屋時代に旦那様の供で一度参りましたよ。中之宿の古屋という旅籠に泊まった記憶がございます」

寺坂と政次の長閑《のどか》な問答を亮吉がいらいらして聞いていた。

「腹っぺらしの亮吉が酒にも手を伸ばさず、めしも食わないとは一体全体どうしたことだ」

「八百亀の兄い、のんびりとめしなんぞ食っていられるか。浪速疾風一味の狙いは品川宿だぜ。今から押し出したって遅いくらいだ」

「だからどうした」

「八百亀の兄さんもおかしいよ。九代目が留守の時は八百亀の兄さんが十代目の後見でよ、あれこれと知恵を授ける軍師の役だ。それを一緒になって酒なんぞ飲んでいていいのか」

「どうしろというのだ、亮吉」

「だからよ、品川に彦四郎の船で押し出すんだよ」

「この時節、海は寒いし、荒れるぜ」

彦四郎が言った。

「呆《あき》れたな」

亮吉がやけになったか、燗徳利からどぼどぼと茶碗に酒を注いだ。

一同が慌ただしく夕餉を終えたとき、再び格子戸が開いて、

「若親分、遅くなりました」

と稲荷の正太が顔を紅潮させて居間に姿を見せた。

三

「ご苦労でしたね」

「いやさ、お華は大した女狐《めぎつね》ですぜ。唐薬種問屋唐國屋に絶大な信頼がございましてね、たしかにこの数日、川向こうの三囲神社裏の唐國屋の御寮に小女と入り込んでいましたがね。つい最前、駕籠を雇って御寮から中橋広小路の唐國屋の店にお華と小女が移りやがった。ええ、京風のちらし寿司なんぞを作ったからご賞味と、小女に持たせてのお店訪問ですよ。こんな刻限となれば、唐國屋も川向こうの御寮に女二人を帰すわけにもいきますまい。今晩は泊まっていくってんで、駕籠が返されたのを見て、わっしは戻ってきたってわけでございます、若親分」

「稲荷の兄さん、ようやりなさった」

と政次が褒め、寺坂毅一郎が、

「若親分はこの知らせを待っていなさったか」

と尋ねた。

「はい」

と笑みの表情で応じた政次が、

「酒江貞政の娘は、父親が江戸で大仕事をするときのために残された女でございましょう。得意の華道を大店の娘や嫁に教えながら、出稽古と称して狙いをつけたお店に出入りして信頼を得る。そこで家の内所から見取り図、金蔵までをすっかりと調べ上げるって寸法です」

「狙われたのは唐國屋だな、若親分」

「いかにもさよう考えます」

「唐國屋は江戸でも有数の分限者だ。娘のおたえはどえらい女に見込まれたものだな」

「寺坂様、他人をいきなりお店に泊まらせるなんてことはどのお店も許されますまい。すでに信頼を勝ち得ていたお華は、御寮でしばし静養したいとかなんとか理由をつけて入り込んだのでございましょう。唐國屋の家族や奉公人もお華を娘の華道の師匠として信頼していた。そんな風になんとなく身内と思わせたところで御寮を使わせてもらうお礼にと手作りの京料理なんぞを駕籠で自ら届ければ、刻限が刻限です。料理は頂戴致しました、さあ御寮に戻りなさいとは言えますまい。お華は今晩引き込み方です」

「おっ魂消《たまげ》たな、何年がかりで江戸での押込み強盗を企《くわだ》てていたというのかい」

亮吉が素っ頓狂な声を上げた。

「巷《ちまた》では唐國屋の身上《しんしょう》、一万両は下るまいと噂《うわさ》されています。この一件の仕事だけで、疾風一味はこれまで上方で稼いだ何倍もの小判を稼げるのです。お華はそのために江戸に送り込まれた女ですよ」

と政次が言い切った。

「若親分、北品川宿問答河岸の網元鶴家八兵衛方に高田小三郎と橋本大之進の二人を向かわせたのは、こちらを攪乱《かくらん》する手ですかえ」

八百亀が尋ねた。

「上方から回ってきた手配書には、浪速疾風一味のお頭酒江貞政の残忍冷酷な性情ばかりが強く記されてますが、一方でなかなか緻密《ちみつ》な考えも持ち合わせているようです。だからこそ、江戸でのただ一回の押込み強盗を長年かけて企ててきたのです。格別に私らの動きを考えてのことではないかもしれない。だけど、あの二人を日本橋の上に立たせて、こちらに何日も無駄働きをさせたり、しほの人相描きの回った江戸での仕事を諦めたと思わせながら、品川で急ぎ働きをする体を装ったりと手が込んでいます。すべて唐國屋を襲うための布石でしょうよ」

「そんな小細工が却《かえ》って仇《あだ》になり、若親分に見透かされたかね」

寺坂が思案顔で笑い、念を押した。

「若親分、浪速疾風一味が唐國屋を襲うのは今晩だな」

「明日まで待てばお華が中橋広小路のお店に居続けるのは難しくなりましょう。今晩を狙ったゆえ、絶妙な刻限に手土産《てみやげ》抱えて駕籠を乗り付けたのでございましょう、寺坂様」

よし、と寺坂が自らに気合を入れた。

「若親分の考えにおれは乗った。だがな、たしかな証《あかし》があってのことじゃない。奉行所に助勢を頼むにはいささか弱い。それに同輩は皆必死で夜廻りの最中だ、こいつはおれたちでやるしかねえ」

寺坂の言葉に政次が頷いた。

「いつかの経緯もある、与力の新堂孝一郎《しんどうこういちろう》様には知らせるとして浪速疾風一味を迎え打つのは、金座裏の若親分とおれに新堂孝一郎様くらいの陣容だぜ」

と念を押した。

「致し方ございますまい」

と応じた政次が常丸に新堂屋敷に走れと命じた。

心得た常丸がへえと立ち上がった。

「亮吉、おまえさんは永塚小夜《ながつかさよ》様に応援を願ってくれないか」

「合点承知の助だ。永塚小夜様が来るとなれば、羽村新之助《はむらしんのすけ》様も絶対についてくるぜ」

と言い残した亮吉と常丸が外に飛び出していった。

金座裏の居間で中橋広小路の絵図面が広げられ、寺坂毅一郎、政次、八百亀ら金座裏の面々が浪速疾風一味召し捕りの相談を始めた。

なにしろ中橋広小路は御城に近く、日本橋から四、五丁としか離れていない江戸のど真ん中だ。騒ぎに乗じて火付けでもしのけられたら、被害は甚大、大騒ぎになる。捕物をしくじったとなれば定廻り同心寺坂毅一郎と金座裏の責任を問う声も当然あがる。それだけに事は慎重に、そして、浪速疾風一味を一人残らずお縄にする必要があった。

得物《えもの》を振りかざす押込み強盗を一人残らず取り押さえるなど至難の業《わざ》だった。だれもが決死の覚悟で刃物を携帯しての押込み、捕まれば打ち首獄門は覚悟の前だ、必死の抵抗をなすのは目に見えていた。

「浪速疾風一味は十人ほどかね」

「まずその前後と見てよかろうと思います。お頭の酒江貞政は六尺豊かな大男で大力、心形刀流のなかなかの遣い手にございます。さらに腹心の井村弦八郎に三、四人が腹の座った悪人ばらと思えます。残りは高田小三郎や橋本大之進と同じく金に困って一味に入った連中、主だった者を叩き伏せれば、刀を捨てる輩《やから》でございましょう」

唐薬種問屋唐國屋は通四丁目と南伝馬町一丁目の間の辻《つじ》、中橋広小路の南西角に間口十六間《けん》と奥行き十三間の堂々たる店を構えていた。奥も深く、内蔵が二戸前あった。

「若親分、ともかく引き込み方のお華に通用口を開けさせないことだが、これから唐國屋に人を入れるのは難しかろうな」

「お華を怪しませることはしないほうがよろしかろうと思います」

と政次が応じたとき、常丸と一緒に新堂孝一郎が飛び込んできた。

五つ半（午後九時）の頃合いで表に木枯らしが、

ぴゅっ

と吹き抜ける音が金座裏の居間まで届いた。

「ご苦労に存じます」

寺坂が与力の新堂に挨拶《あいさつ》した。

「寺坂、若親分、話は道々常丸から聞いた。それがしに声をかけてくれたことを嬉《うれ》しく存ずる」

と丁寧に政次に言葉を返した。

「唐國屋を浪速疾風一味が襲うという確証はございません。一か八《ばち》かの賭《か》けにございますが、この機は逃したくございません」

「若親分、御城近くで理不尽な押込み強盗をさせてたまるものか。政次若親分の推測なれば必ずや、一味はやって参りますぞ」

と新堂孝一郎が緊張に紅潮した顔で言った。

再び格子戸が引かれる音がして寒風と一緒に永塚小夜に羽村新之助が亮吉の案内で姿を見せた。

「若親分、遅くなりました」

小夜が丁寧な挨拶をなした。

「小夜様、ご迷惑は重々承知ですが、また小夜様のお力を借りねばならない事態が生じました」

「しほさんが旅の空の下で描いた悪党の人相描きが絡んだ事件だそうですね。小夜をお呼びにならないで、金座裏だけの捕物では恨みに思いましたよ。そうでございましょう、羽村様」

「いかにもさよう、それがし、足手まといにならぬよう精々働きます」

越前大野藩士井能登守《のとのかみ》陪臣《ばいしん》の羽村が張り切って応じた。

「お願い申します」

絵図面を真ん中に最後の捕物の手立てが話し合われ、それぞれが潜む場所が決められた。

三度、格子戸が開かれ、

「若親分、船の仕度が出来たぜ」

彦四郎の声が玄関から響いた。

「よし、捕物出役《しゅつやく》だ」

と寺坂毅一郎の声が応じて、政次は神棚に柏手を打つと宗五郎《そうごろう》が残した金流しの十手を両手で押し戴き、背に差し落とした。

新堂孝一郎は大小を手挟《たばさ》み、短十手を前帯に差し込んだ。

寺坂毅一郎は着流しの裾《すそ》をからげて後ろ帯にたくし込み、腰には大刀《だいとう》一本落とし差しにして手には捕物用の長十手を握り締めた。

永塚小夜と羽村新之助はそれぞれ赤樫《あかがし》の木刀を携えていた。

八百亀ら七人の手先は多数の捕り縄、六尺棒を持参し、火を付けない提灯《ちょうちん》を用意した。

常盤橋《ときわ》際には二艘《そう》の猪牙舟《ちょきぶね》が待ち受けて、船頭は彦四郎と若い新作《しんさく》だった。一行十二人は二艘の船に分乗して、一艘は御堀をまっすぐに進み、北槙町と南槙町の河岸で静かに止まった。もう一艘は、一石橋から日本橋川に入り、日本橋、江戸橋を潜ったところで、楓川《もみじ》に入り、海賊橋、新場橋と抜けて、越中橋で止まった。こちらの船頭は彦四郎だ。

中橋広小路の辻にある唐國屋は、御堀と楓川に挟まれてあった。そこで二艘の船に分乗した金座裏の面々は、一艘ずつに分かれて四つ（午後十時）の刻限までそれぞれの船で待機した。

だが、その間にも亮吉と常丸が双方の舟を下りて、路地から路地を伝い、唐國屋の周りの異常を調べた。だが、常丸も亮吉も未《いま》だ浪速疾風一味が姿を見せて、暗闇に身を潜めている風はないと判断した。

その報告が双方の船にもたらされた。

四つの時鐘が江戸の町に鳴り響き、各町内の木戸口が閉じられた。

「よし、一人ずつ所定の場所に隠れ潜め」

政次の合図でまず独楽鼠《こまねずみ》の亮吉が中橋広小路の辻に向かった。むろんこの界隈は金座裏の縄張り内だし、鎌倉河岸裏のむじな長屋育ちの亮吉にとって、体を横にしなければ通れないような路地も掌を読むように承知していた。だから、路地から路地を伝い、中橋広小路の角に店を構える唐國屋を辻を挟んで対角線に見える薪炭《しんたん》商木挽屋《こびきや》の横手の闇に身を潜めた。

表通りの地面を巻きあげるように木枯らしが吹きぬけていく。

「さて、いつでも来やがれ」

亮吉が呟《つぶや》き、鉤《かぎ》の手の付いた捕り縄を両手に握り締めた。

楓川の彦四郎の猪牙舟から最後に下りたのは、政次だ。

「政次、捕物が始まったらおれも助っ人に出るぜ」

彦四郎が幼馴染《おさななじ》みに呼びかけた。

金座裏の若親分に助っ人するんじゃない、幼馴染みの手助けをするんだとばかり、政次と呼びかけた。

「彦四郎、頼む。一人だって逃したくないからね」

「水上《みず》からくるか陸《おか》からくるか。どっちにしろ最後の関門はこの彦四郎様だ」

「張飛《ちょうひ》、頼んだよ」

と言い残した政次が木枯らしに紛れて中橋広小路に向かった。

子供の頃から鎌倉河岸界隈で政次と彦四郎の背は群を抜いて大きかった。そこであ

の界隈の大人の中には、

「むじな長屋の関羽《かんう》と張飛」

なんて呼ぶ人もいた。

金座裏の面々が中橋広小路の唐國屋を睨《にら》んで配置に就いたのは、四つ半（午後十一時）の刻限だった。

夜半が近付くにつれて段々と木枯らしは強さを増した。

配置に就いた一人ひとりの体温を奪っていく。だが、政次らは身じろぎひとつせずに暗闇に同化するように潜んでいた。

そして、夜半九つの時鐘が陰々と江戸の町に木霊《こだま》して、江戸は深い眠りに落ちた。


箱根山中にある芦ノ湯の宿で宗五郎は目を覚ました。なにか胸騒ぎに似たものに襲われて目を覚ましたのだ。

寝床を出た宗五郎は、火鉢の埋《うず》め火で煙草《タバコ》の火を付けて一服した。

「なんだい、眠れないのかい」

と床を並べたおみつが宗五郎に聞いた。

「因果な商売だな、湯治にきてまで江戸のことが気になりやがる」

「気になるって、なにがだい」

「女のおめえに言っても分かるめえ。御用聞きを長年やっていると、なんとなく捕物出役の高ぶりを体が教えてくれるんだよ」

「教えてくれるって、なにをだい」

「政次らが網を張ったということだよ」

「江戸から何十里も離れた箱根山中だよ、そんなことがあるものかね」

「だから、女のおめえには分かるめえと言ったんだよ」

「政次は一人前の御用聞きだよ、心配はいらないよ」

「おれが選んだ十代目だ。これっぽっちも案じてねえよ」

「ならばどうして目を覚ましたんだい」

「どうしてかね」

と答えた宗五郎が吸い終わった煙管《キセル》の灰を火鉢に落とすと、

「夜中の湯も乙《おつ》なものかもしれねえや、ひとっ風呂浴びて寝直すよ」

「おまえさん、湯治に飽きたんじゃないだろうね。皆さん、湯治を楽しんでおいでなんだから、途中で江戸に帰るなんて言い出さないでおくれよ」

「安心しねえ、おれも湯治を存分に楽しんでいるよ」

と言い残した宗五郎が手拭《てぬぐ》いを提げて湯に下りていった。すると松明《たいまつ》の灯りの下で二つ頭が浮かんでいた。

「おや、親分も寝られませんか」

と豊島屋《としまや》の清蔵《せいぞう》が人の気配に顔を振り向かせた。もう一人は松坂屋《まつざかや》の隠居の松六《しょうろく》だ。

「お二方も目が覚まされましたか」

「なにしろ辺りが暗過ぎて夕餉を取ったら、直ぐに瞼《まぶた》がくっついてしまいます。早寝をするせいで夜半に小便におきて、湯という順番ですよ」

「毎晩のことでしたか」

「これでお仲間が一人増えた。九代目を私たち隠居組に加えては北町奉行所からお叱りを受けそうですね」

と松六が笑った。

「いえね、重い十手を振り回すより湯治が似合う年になったんじゃねえかって、しみじみと思いますよ」

「親分はいささか早いよ」

と清蔵が言い、

「なんぞ気にかかることがありますので。やっぱり金座裏のことかね」

「清蔵旦那、もはや政次の代だと頭では考えているんですがね、いえね、政次の力を努々《ゆめゆめ》疑ったことはございませんよ。なにしろ松坂屋さんの屋台骨を背負って立とうという男を強引に貰いうけたんですからね。立派な十代目になって、江戸の治安を守ってくれなきゃあなりませんや、こちらにおられる松六様に申し訳が立たない」

「政次は、いや、若親分はもはや金座裏の二枚看板ですよ。宗五郎さんの眼力には改めて驚いておりますよ。うちの手代さんが江戸を賑わす金座裏の十代目として立派に売り出しなすった。親分の目から改めて見て、政次さんの力量はどうですね」

「わっしが親父《おやじ》のあとをくっついてうろうろしていた頃より、何倍も頼りになる跡継ぎにございますよ。あいつ、わっしなんぞよりよっぽど肝の据わった御用聞きになりますって」

　ふうっ
　と松六が安堵の息を吐いた。

「これで十一代目が生まれると金座裏も万々歳、江戸も安泰ですがな」

　と清蔵が笑い、

「夜中の湯も悪くございませんな」

「男ばかり、箱根の湯に浸かってこれまでの来《き》し方《かた》なんぞに想《おも》いを馳《は》せる、これまでしっかりと働いてきたご褒美かね」
清蔵が手前勝手に自分を褒めて松六と宗五郎が、
うっふっふ
と笑った。
「たしかに男ばかりの深夜の湯も悪くありませんよ」
「ご隠居、いかにもいかにも悪くありません」
宗五郎と松六が言い合った。

四

中橋広小路の北側、日本橋の方角から通一丁目、二丁目、三丁目、四丁目と筑波颪《つくばおろし》が吹き抜けて、店先に積んであった防火用の桶《おけ》が風に煽《あお》られて、
がらがらがら
と音を立てながら転がってきて、政次たちの見守る視界の先で、
ぱちん
と箍《たが》が外れて壊れ、それでもばらばらになりながらも南伝馬町一丁目のほうへと消えていった。

刻限は九つ半（午前一時）過ぎか、八つ（午前二時）前か。

「もう姿を現してもいい刻限だぜ」

寺坂毅一郎が長十手の先端を自分の肩に乗せて呟いた。

「いささか見当違いであったか」

と新堂孝一郎が応じた。

「いえ、参ります」

政次の落ち着いた声が二人の苛立ちを制した。

ひゅっ
とさらに激しさを増した木枯らしが吹き抜けていき、寒さをまとった烈風が吹き抜けた方角、京橋の方角からひたひたと足音が響いてきた。

「おっ」

と寺坂が声を洩らし、

「若親分の読みがあたったぜ」

と肩に担いでいた長十手を外した。

だが、足音と思えた物音が不意に消えて中橋広小路はぽかんとした静寂に包まれた。

「勘違いだったか」

と寺坂ががっかりとした声を上げた。

「さあてどうでしょう」

政次の声は最前から変わりない。

増上寺切通《ぞうじょうじきりとおし》の鐘撞堂《かねつきどう》で打ち出す八つの時鐘が再び吹き始めた木枯らしに抗するように低く伝わってきて江戸の町に広がっていった。すると今度は楓川の方角からひたひたひたと重い足音が伝わってきた。

「よし、網に掛かりやがった」

と寺坂が確信の声音で囁《ささや》いた。

野良犬かどこぞのお店に飼われていた犬か、中橋広小路にとぼとぼと姿を見せて、足音に向かって吠《ほ》えた。

「いけ、いきやがれ」

と寺坂毅一郎がほとんど声にならない声で犬を追った。

だが、犬はひたひたと近付く足音に背中の毛を逆立てて吠えかかろうとして体を竦《すく》ませ、尻尾《しっぽ》を下げると京橋の方角に逃げ去った。

政次の視界に巨漢の武芸者が引率する黒衣の一団の姿が見えた。

塗笠《ぬりがさ》に黒羽織、紋までは確かめられなかったが、足元を裁《た》っ付《つ》け袴《ばかま》に武者草鞋《わらじ》で固めていた。

浪速疾風一味のお頭酒江貞政だろう。

続く一味は政次らが想像した以上の人数で十五、六人はいた。そして、その何人かの黒衣の肩に空の麻袋が担がれていた。盗んだ千両箱を麻袋に移して運ぼうという算段か。

再び中橋広小路を木枯らしが吹きぬけようとしたが、それを蹴《け》り破るように浪速疾風一味が中橋広小路に突進し、それを待っていたように、
かたん
と小さな音がして唐薬種問屋唐國屋の潜り戸の錠が外された。

唐國屋に入り込んだ華道師匠、引き込み方のお華の仕業だろう。

浪速疾風一味が唐國屋の閉じられた大戸の前に足を止めた。

指笛か、一味から合図の音が響いた。すると潜り戸が内部から押し開かれようとした。

その前に小さな影が立った。

うっ、酒江貞政が洩らし、行動を起こそうとした浪速疾風一味が出鼻をくじかれて動きを止めた。

「何奴《なにやつ》か」

酒江貞政の低声に女武芸者の永塚小夜が潜り戸を背に悠然と立ち塞《ふさ》がり、

「お待ちしてましたよ」

定寸より短い木刀を構えた。

円《えん》流の遣い手永塚小夜の構えには一分の隙《すき》もない。

「女武芸者が待っておったとはどのような理由《わけ》か」

疑念を抱いた酒江貞政の声に呼応するように一味の背で人の気配がした。

「そなた方をお待ちなのは私ではありませんよ」

小夜の声音はあくまで落ち着いていた。

「ほれ、あれに」

お頭が視線を転じると、しなやかな長身の影が視界に浮かび、その影が羽織の裾を撥《は》ね上げて一尺六寸（約四十八センチ）の金流しの十手を構えた。

「浪速疾風一味を率いる酒江貞政、江戸はおまえさん方が勝手放題に暗躍できる都ではありません。小田原で私の恋女房に貌《かお》を見られたのが運のつき、金座裏の九代目宗五郎の留守を預かる、この政次が一人残らずお縄にします、覚悟しなされ」

と静かだが凛《りん》とした政次の声が中橋広小路に響き渡った。

「父上、逃げて！」

唐國屋の中から女の悲鳴にも似た声が響き、強引に潜り戸が押し開かれた。

下駒込村で東叡山の僧侶《そうりょ》の妾《めかけ》になるも華道の指南を看板に上げる浪速疾風一味の引き込み方の酒江お華が姿を見せた。夜半というのにすでに身支度を整え、短刀を前帯に差し落としていた。

「お華か」

「お父上、お懐かしや」

潜り戸から飛び出してきて父親の酒江貞政に合流しようとしたお華の足に永塚小夜が差し出した木刀が絡み、その場に転がった。

「やりおったな」

父の酒江貞政が憤怒の体で永塚小夜に迫ろうとした。すると中橋広小路のあちらこちらの暗闇から影が忍び出て、長十手や六尺棒や鉤の手の付いた捕り縄を構えた。

「北町奉行所与力新堂孝一郎」

「おなじく定廻り同心寺坂毅一郎が金座裏と面子を揃えての出役だ。酒江貞政一味、神妙にお縄を頂戴しねえ」

寺坂の渋い声が中橋広小路に響き渡り、同時に政次がするすると酒江貞政の前に立

ち塞がると、

「中橋広小路界隈の皆様に申し上げます。ただ今より浪速疾風組と名乗る押込み強盗酒江貞政一味を取り押さえまする。しばし家の中で待機なされ、決して表に飛び出してはなりません！」

と警告を発した。

「わなに墜《お》ちた。お頭、逃げましょうぞ！」

腹心の井村弦八郎が刀を抜きながら叫んだ。

「予《かね》ての手筈どおり江戸を抜ける。よいな、落ち合う先は」

とお頭が叫ぶ声に亮吉の声が大きくかぶさった。

「てめえら悪人ばらが落ち合う先は伝馬町の牢屋敷か、三途の川と相場が決まっているらあ。なんなら金座裏の政次若親分の一の子分の亮吉様が地獄までの道案内を務めてやろうか」

と甲高い声が響くと亮吉の手から鉤縄が虚空を飛び、刀を抜き掛けた一味の一人の額を鉤の手が、

ごつん

と打ち、その場に倒した。それが乱戦の合図となった。

政次は金流しの十手を酒江貞政につけた。

「おのれ、心形刀流の技前、甘く見るでない」

「神谷丈右衛門《かみやじょうえもん》道場仕込みの直心影流《じきしんかげ》にてお相手致します」

「なに、十手持ちが直心影流とな、虚言を弄《ろう》するでない」

酒江貞政が刃渡り二尺九寸に近い豪剣を抜き放つと政次につけ、

「一統に申す。江戸の木っ端《こっぱ》役人、御用聞きなど何事かあらん。まずはそれがしが金座裏の跡継ぎを血祭りに上げるで、とくと見ておれ」

と叫びつつ、大上段に振り被《かぶ》った豪剣を踏み込みとともに振り下ろした。

政次は押し潰《つぶ》すような酒江の振り下ろす刃の下に長身を折るようにして入り込み、金流しの十手で酒江の刃を払った。

ちゃりん
と音が響いて火花が散った。

玉鋼《たまはがね》の上に金を流して鍛造された長十手が相手の豪剣を弾《はじ》き、酒江がその素早い反撃に驚きながらも自らの刃を引き付けて、政次の肩口に落とそうとした。

だが、しなやかな動きでその刃風から逃れた政次の金流しの十手の先が酒江貞政の腰を突いてよろめかせた。

「くそっ、甘くみたか」

と態勢を立て直した酒江貞政が動きを止めると息を整えた。

その視界の端に乱戦が映じた。

寺坂毅一郎が出役用の長十手で井村弦八郎と渡り合い、新堂孝一郎は刀を峰に返して一味の武芸者を攻め込み、永塚小夜はお華を木刀で打ち据え、羽村新之助は八百亀らを助けて、黒衣の集団と激しい攻防を続けていた。

「ほれよ」

と機敏な身のこなしで鉤の手を投げて、一味の浪人者の首に絡めた亮吉がきりきりと捕り縄を絞り込み、

「稲荷の兄い、こいつを叩き伏せてくんな」

と叫んだ。

「合点だ」

稲荷の正太が六尺の樫の棒で首を絡められてよろめく武芸者の眉間《みけん》を打ち据えてその場に転がした。亮吉が素早く飛び付くと首にかかった捕り縄をさらに、
きゅっ
と締め上げて完全に気を失わした。

「それ一丁上がり！」

と威勢をつける亮吉に鼓舞されて、

「やれ押せ、それ押せ」

と数で劣勢の捕り方が逃げ腰の浪速疾風組を押し込んだ。

酒江貞政が流祖伊庭是水軒秀明《いばぜすいけんひであき》が説く心形刀流の極意、

「心は理、技は形ゆえ形が心を使役」

するとの教えに則《のっと》り、正眼《せいがん》に構えをとった。

重厚な構えだった。

政次はそれに対して片手正眼、金流しの十手を突き出すように構えた。

乱戦の中、間合は半間とない。

両者は一歩踏み込めば死地と承知していた。

中橋広小路は政次の警告の声を聞いてどこのお店もひっそり閑として広小路の戦いを屋内で想像していた。

足音が響いた。

「金座裏の、わっしらに手助けさせてくんな」

と声が響くと町火消しのも組の棟梁譚兵衛《とうりようたんべえ》らが中橋広小路を囲むように屋根から高《たか》

張《はり》提灯を突き出した。

「かたじけねえ、も組の頭」

と寺坂毅一郎が応じて、明かりの下に最後の戦いが再開された。

ふうっ
と酒江貞政が息を吐いた。

次の瞬間、大きな体が政次を押し潰すように迫ってきた。

政次は必殺の攻めに対して果敢に踏み込んだ。

刃と十手が絡み、政次が圧倒的な力を感じながらも十手の腹に刃を滑らせるように手首を捻った。

金流しの十手の鉤が刃を挟みこんだ。それでも構わず酒江貞政が豪力を利して押し込んできた。

政次は片手で必死に耐えた。

酒江の塗笠を被った頭と刃が政次の顔に接するように迫った。

政次の左手が相手の腰帯を弄《まさぐ》り、摑《つか》んだ。

「死ね」

酒江貞政が両手に渾身《こんしん》の力を込め、刃で政次の喉元《のどもと》を裁ち斬《き》ろうとした瞬間、政次の左手が相手の帯を引き付け、身を捩《よ》じらせざま、鉤で挟んだ刃を突き上げるようにして捻り上げた。

巨体が虚空を飛んで、政次の左脇に、
どさり
と落ちた。

酒江貞政の刀は金流しの十手の鉤に挟み込まれて残っていた。

鉤からそいつを振り落とすと立ち上がろうとする酒江に迫り、額をしたたかに十手の棒身で叩いた。すると酒江の体がぴくりとして次の瞬間、中橋広小路に崩れ落ちた。

「若親分、見事なり！」

と永塚小夜が褒めてくれた。

頷き返した政次が、

「浪速疾風組お頭酒江貞政を金座裏の政次が召しとったり！」

と叫んだ。

わあっ！

という歓声が中橋広小路に木霊して、それまで我慢して店の中に息を潜めていた奉公人や主《あるじ》らが心張《しんば》り棒を手に飛び出してきた。

政次と、それまで唐國屋を守っていた永塚小夜が疾風組の残党に向かって攻めかかったので、拮抗していた捕物は一気に捕り方側に有利になり、一気に相手を叩きのめし、意気消沈した一味が刀や長脇差《ながわきざし》を投げ出して、その場にへたり込んだ。

八百亀に指図された金座裏の面々が一味を高手小手《たかてこて》に縛り上げていった。

「も組の譚兵衛棟梁、ご一統様、ご助勢ありがとうございました」

政次が灯りを灯して捕物を助けてくれたも組の棟梁と一統に礼を述べた。

「金座裏の政次若親分、いなせな十代目になりなさったね」

も組の棟梁が言葉を返し、また中橋広小路が、
わあっ！

という大歓声にどよめいた。

「若親分、お華を加えて浪速疾風一味十五人全員お縄にしたぞ！」

と新堂孝一郎が誇らしげに政次に言った。

「いえ、もう一人残ってございます」

唐國屋の男衆の声がしてお華の小女が潜り戸から突き出されて、亮吉と常丸が身柄を受け取り、ぶるぶると震える娘に、

「神妙にしねえ、お上にも慈悲がないわけじゃねえからな」

亮吉が言い聞かせた。

「よし、南茅場町《みなみかやば》の大番屋にひっ立てますよ」

と政次の命令一下、酒江貞政以下浪速疾風組の面々が数珠《じゅず》つなぎで、ひっ立てられようとした。すると、

「金座裏の若親分」

の声がして、唐國屋の主の早右衛門《そうえもん》が番頭とおたえと一緒に姿を見せた。

三人して顔に血の気もない。

「まさか華道のお師匠さんが浪速疾風一味なんて知らずに家に入れてしまいました。決して承知してのことではございません」

と早右衛門の声が震えていた。

「唐國屋さん、それは私どももとくと承知のことです。何年も前から狙いをつけて大仕事をしのけようとしたんですからね、狙われたのが災難です。こちらに与力の新堂様、定廻り同心の寺坂の旦那もおられること、お白洲《しらす》にお呼び出しはございましょうが、まあ案ずることはございますまい」

という政次の言葉に早右衛門が安堵の表情を見せた。

「おたえさん、少し横になりなさい。番頭さん、出入りの医者を呼んでね、気を鎮め

る薬を飲ませるのも手ですよ」

と政次が言い、

「政次さん、改めてお礼に参ります」

早右衛門が応じて三人が店に姿を消した。するとそれを待っていたように、も組の譚兵衛が、

「金座裏の若親分、わっしらが先導致しますぜ」

と一統の前に町火消しも組の面々が加わった。

未明の江戸の町中でなんとも派手で賑やかな大番屋送りが見られることになり、一行は通四丁目から一丁目へまるで歌舞伎役者のお練《ね》りのように一味を引っ立て、両側のお店から、

「よう、北町、お手柄！」

「金座裏、日本一！」

の声がかかった。

「夜中にこんな筈ではございませんでしたよ」

と政次が恐縮の体で新堂と寺坂に言った。

「若親分、上方から手配があった酒江貞政一味を一滴の血も流さずにお縄にしたのだ。

いささかおもはゆいが、偶《たま》には歌舞伎役者もどきもよかろうぜ」
と寺坂が満足げに笑い、長十手を頭の上で回転してみせた。

第五話　政さんの女

一

亮吉《りょうきち》は南茅場町《みなみかやばちょう》の大番屋から金座裏《きんざうら》に戻ろうとしていた。楓川《もみじ》に架かる海賊橋を渡り、あの大捕物騒ぎの夜の彦四郎《ひこしろう》の怒りを思い出した。

彦四郎の猪牙舟《ちょきぶね》は越中橋際に待たせて、政次《せいじ》らは中橋広小路の暗がりに散った。そして、見事押込み強盗一味を中橋広小路でお縄にしたまではいいが、も組の棟梁《とうりょう》の譚《たん》兵衛《べえ》に先導されて徒歩で大番屋に向かったのだ。

酒江貞政《しゅこうさだまさ》一味十六人を数珠つなぎにして通四丁目から一丁目に向かい、万町《よろず》へと曲がって青物町を抜け、楓川を海賊橋で渡って徒歩で大番屋に連れ込んだ。その一行を夜明け前だというのに大勢の人々が迎えて、賞賛の声をかけてくれた。

そのせいで彦四郎を越中橋際の猪牙舟に待ちぼうけさせてしまったのだ。むろん政次はそのことを承知していた。

大番屋に着いた時点で亮吉と波太郎《なみたろう》を越中橋の彦四郎と、南北の槙町の御堀端に舫《もや》われたもう一艘《そう》の船頭の新作《しんさく》のもとに走らせ、引き上げを告げさせた。

亮吉は彦四郎と会ったとき、まず詫《わ》びた。

「彦四郎、すまねえ。待ちぼうけをくらわしてよ」

「ちぇっ、ひでえ扱いじゃねえか。金座裏ご一行様は、も組の棟梁の先導で通町を意気揚々と大番屋にくりこんだそうだな。え、おれと仲間の新公は舟で待ちぼうけか」

「すまねえ、若親分も気にしてなさったがよ、大捕物に興奮した大勢の人を鎮めるにはあれしか手はなかったんだ。なにしろ夜明け前だというのに通町は、十重二十重《とえはたえ》の人垣だ。知らせにこられなくてすまねえ」

亮吉は何度も詫びたが、彦四郎の怒りはなかなか収まらなかった。

彦四郎は中橋広小路で上がった歓声に舟から竹棹《たけざお》を持ち出し、河岸道に上がったがすでにあちらこちらのお店《たな》から寝間着の奉公人らが飛び出して道を塞《ふさ》ぎ、大捕物の現場に一歩間に合わなかったのだ。すべての決着がついた時点で顔を出すのも間が抜けていた、そこで猪牙舟に戻って金座裏の一統が戻ってくるのを待った。ところが酒江貞政一味をお縄にした政次らは通町をお練りのように行列して大番屋に向かったことが分かったのだ。

なんともドジな話だった。

亮吉の詫びに聞く耳持たなかったのは、金座裏の大捕物に助勢できなかった悔しさだった。


亮吉は一夜明けた今、彦四郎にいい詫びの言葉はないものかと思案しながら万町から高札場に出た。すると日本橋の南詰はいつにもまして大混雑だった。

「なんだなんだ」

亮吉は小さな体を利して人込みを掻《か》き分けると前に出た。すると読売屋の黒カラスの完公《かんこう》が高札前に立ち、竹棒と摺《す》り上がったばかりの読売のひと束を持って、大勢の観客を見回したところだった。だが、恰好《かっこう》がついたのはそこまでだ。完公が口上を述べはじめると、

「しゃて、おたつはぁい」

と風邪《かぜ》でも引いたか、掠《かす》れ声でなんとも声の通りが悪い。

「聞こえないぜ、読売屋」

「黒カラス、どうした」

と客が怒鳴った。

「しゅいましぇんね、風邪しいちまってよ」

と完公が言い訳をすると鼻水がたれた。

「きたねえぞ、完公」

と野次馬に怒鳴られ、たじたじする黒カラスの完公に亮吉が、

「黒カラスめ、一人前に風邪を引きやがったか。どけ、おれがおめえの代役を務めてやろう」

完公から竹棒と読売のひと束を受け取ると台に飛び乗った。

「おっ、待ってました。金座裏のどぶ鼠《ねずみ》！」

「馬鹿野郎、どぶ鼠じゃねえ、独楽鼠《こま》だ」

「どっちでもいいや、昨夜の捕物を一くさり語りねえ」

こほんこほん、と喉《のど》を整えた亮吉が、

「読売屋の黒カラスの完公になり代わりまして、金座裏の一の子分のむじな亭亮吉師がこれより昨夜の大捕物の一部始終を語り聞かせます」

「ようよう」

「これよりほど近い中橋広小路での捕物は近年にない大捕物、上方からの手配書によれば心形刀流《しんぎょうとう》の剣術遣い酒江貞政が率いる浪速疾風《なにわはやて》組は上方で何件もの押込み強盗を

働き、抵抗する奉公人や家族を何人も斬《き》り殺したばかりか大坂奉行所の与力、同心が一人ずつ犠牲になっている。さらに千数百両の金子《きんす》をかっ攫《さら》って江戸に逃げ込もうと考えた、極めつけの悪党集団にございます。御用とお急ぎのない方もお急ぎの衆も耳の穴をかっぽじって聞きやがれ！」

と竹棒で調子を入れた。

亮吉の声は黒カラスの完公と違い、甲高いが通りのいい声でやんやの喝采《かっさい》が上がった。それを竹棒で制した亮吉が、もう一方の腕に抱えた読売のひと束をぽーんと叩《たた》いてさらに景気をつけ、

「このお手柄の第一は金座裏の嫁にして北町奉行小田切《おだぎり》様ご公認の女絵師しほさんの眼力に始まります」

「どぶ鼠、政次若親分の嫁女のしほさんは、親分らのお供で湯治に箱根に行って江戸にはいなさらねえと聞いたがね。おめえはそのご一行に誘われなかったんだろ」

「うるせえ、半可通《はんかつう》が。おりゃ、こんなことがあろうかと、親分の熱心な頼みを断って江戸に残ったんだよ」

「ほおほお、それはまた殊勝《しゅしょう》な心がけですな」

「そこな、ご隠居、ようご存じだ。だがな、一方の金座裏の家族も江戸を離れようと

も一刻として御用の二文字を忘れたことがないんだよ」

「ほお」

「年寄り梟《ふくろう》じゃあるまいし、ほおほおもあるめえ。江戸から遠く離れた相模灘《さがみなだ》は小淘《こゆる》綾浜《ぎのはま》に西行上人ゆかりの鴫立庵《しぎたつあん》という風雅な庵《いおり》があるそうな。松坂屋《まつざかや》のご隠居あたりの発案かねえ、湯治の一行がこの鴫立庵で足を止めたと思いねえ。しほさんは、得意な筆で海の景色を描き始めたところに六尺豊かな巨漢、塗笠《ぬりがさ》に五つ紋の黒羽織を着込んだ武芸者が姿を見せたそうな。会釈するしほさんに向かって、その巨漢が眼光鋭い眼で睨《にら》みつけて、今来た道をあと戻りしてこそこそと姿を消したとよ。しほさんは咄《とっ》嗟《さ》に怪しい人物と思うたか、画帳の端にその風貌《ふうぼう》やら紋どころまで描き止めたんだ」

「さすがは金座裏の嫁様だ」

「ご隠居、よう言うた。さあて、お立ち会い、小田原城下に入ってみると昨夜米問屋足柄屋《あしがらや》を襲った押込み強盗酒江貞政一味の残忍な手口に大騒ぎだ。はたと気付いたしほさんが宗五郎《そうごろう》親分を通じて、大久保家のお役人衆に鴫立庵で一瞬見かけた武芸者の風姿を示すと、な、なんとまごうことなき冷酷非情の酒江貞政ということが分かったんだよ、驚いたか、泥棒ども」

「だれが泥棒ですよ」

「ご隠居、これは景気づけだ」

「まああそれにしても、天網恢恢疎《てんもうかいかいそ》にして漏らさずとはこのことだ」

「よう言うた、隠居」

「どぶ鼠、よう言うたしか言えねえか」

「うるさい、叩き大工」

「おりゃ、叩き大工じゃねえ、雪隠《せっちん》大工だ」

「叩きでも雪隠でもどうでもいいや。さあて、しほさんが描いた人相描きが江戸に届けられ、市内いたるところに張り出された」

亮吉の竹棒がくるりと回って高札の人相描きを指した。すると大勢の野次馬が、
うおおっ！

と歓声を上げた。

「見てみねえ、極彩色《ごくさいしき》に塗られた酒江貞政の面構《つらがま》え、風采《ふうさい》と瓜二《うりふた》つとはこのことだ。江戸入りした野郎どもをしほさんの人相描きが待ち受けていようとは、お釈迦《しゃか》様でもご存じあるめえ。お頭の酒江はてめえの面と江戸でご対面だ、びっくり仰天、座り小便だ」

「したのか」

「そうだろうという話だ」

「どぶ鼠、そんなことより続きを語りやがれ」

と騒ぐ群衆を制した亮吉が、

「いいかえ、小田原を逃れた酒江貞政が江戸に入ったとき、町じゅうにてめえの人相描きが張り出されて、にっちもさっちもいかない雪隠詰めだ。そこでよ、江戸での仕事《つとめ》を諦《あきら》めればこの押込み強盗一味もお縄にはなりはしなかったろうよ。

北町奉行所がなんぼのものだ、金座裏なんぞはちゃんちゃらおかしいと、甘く見やがったかねえ。何年も前に江戸に送り込んでいた、引き込み方の娘のお華《はな》を唐薬種問屋の唐國屋《からくにや》さんに入り込ませたまではいいや。ところがどっこい、金座裏の政次若親分は、この界隈《かいわい》の松坂屋の手代時代から眼から鼻に抜ける利巧者だ。武芸者くずれの頭分や京くだりの娘の浅知恵なんぞはお見通しなんだよ」

亮吉の竹棒がくるりと通四丁目の南端、中橋広小路を指すと、

「北町奉行所与力新堂孝一郎《しんどうこういちろう》様、定廻り同心寺坂《てらさか》毅一郎《いちろう》様、それに待ってました、金座裏の政次若親分に、なにを隠そうこのむじな亭亮吉師が網を張ったところに木枯しとともに一緒にひたひたひたと、腰にだんびらぶち込んで黒装束の一味がやってきやがった。むろんその先頭にはしほさんが描いたと同じ、塗笠に黒羽織の酒江貞政が

立っていやがった。唐國屋に引き込み方に入ったお華が何年ぶりかの親父《おやじ》との再会に、がたんと唐國屋の潜り戸を開けたと思いなせえ」

ところで亮吉が一息入れた。

「どうした、どぶ鼠」

「潜りの前に立ち塞がったのは三島町で円《えん》流小太刀《こだち》の技を教える女剣客の永塚小夜《ながつかさよ》様だ。金座裏とは親しい永塚小夜様が助勢に出ておられたんだよ。親父のお頭と娘の引き込みの間に立ち塞がり、政次若親分が名乗りを上げた！」

「おっ、その調子だ、どぶ鼠」

野次などに耳も貸さず亮吉がぽんぽんと竹棒で景気を入れて、

「中橋広小路に殺気が満ちて、互いがだんびらと金流しの十手《じって》を振りかざした。その緊迫した場に一番槍《やり》をつけたのはだれあろう、このむじな亭亮吉だ！」

と声を張り上げた。

「おい、ほんとかい」

「ほんとかい、なんて言葉は疑うときの台詞《せりふ》だ」

「だから、疑ってんだよ」

「雪隠大工、よくよく耳の穴をかっぽじって聞きやがれ。亮吉の手にあった鉤付《かぎつ》きの捕り縄が中橋広小路を飛んで、悪人ばらの一人の額にがつんと命中して、ぶったおれたと思え。それが大捕物の始まりだ」

「おお、やれやれ、大捕物の見せ場をよ」

「せくな騒ぐな、皆の衆、おれも喋《しゃべ》りてえ」

「おれたちも聞きてえ」

「だがな、黒カラスの完公の商売は読売屋だ。一枚なにがしかのおあしを頂戴《ちょうだい》して一家十一人がなんとか糊口《ここう》をしのいでいるんだ。この続きは読売を買って読んでくんな」

　と亮吉が声を張り上げると、

「おれに一枚くれ」

「わたしゃ、五枚だよ」

　と手が伸びてきて、亮吉と完公は汗だくで読売を一気に売り切った。

　読売を手にした客が潮の引くように去っていって日本橋南詰の高札場から熱気と喧《けん》騒《そう》が消えた。

「亮吉、たしゅかった」

　と黒カラスが礼を述べて腹がけの銭を揺らして鳴らした。

「おれんち一家十一人じゃねえよ」

「十一人は多過ぎたか」

「ちかう、十三人だ」

「呆《あき》れた」

「たからよ、次のぱしょでも講釈やってくんな」

「馬鹿野郎、おめえとは餓鬼時分からの顔馴染《かおなじ》みだ、そいつが鼻水たらして読売を売ろうとしている心意気に手伝ったんだ。あとは自分で稼げ」

と竹棒を返した亮吉が日本橋へと足を向けたとき、日本橋の橋際に常盤《ときわ》町の宣太郎《せんたろう》親分と手先の真っ赤な顔が亮吉を睨《にら》みつけていた。

「どぶ鼠、えらい派手なことをやってくれるじゃないか。虚仮《こけ》にするにもほどがあるぜ」

「おや、常盤町の親分さん、気に障《さわ》りましたかえ」

「ちっとばかり手柄を立てたからって大袈裟《おおげさ》に宣伝するねえ。おれたちの商売はお縄にするのが務めだ」

「だからさ、親分さん、中橋広小路の大捕物は、どこのどなたが立ち働いて、悪人ばらをお縄にしたんでございますかえ。最前、おれの講釈が毛の生えた耳に届きませんでしたかえ、宣太郎親分さん」

「言わしておけば図にのりやがって。覚えていろ、その内に金座裏にほえ面をかかせてやるからな」

と顔を真っ赤にして憤激する宣太郎に、

「それじゃ、わっしは忙しいので失礼致しますよ、常盤町の親分さん」

とさっさと橋の人込みに小さな体を紛らわせた。

「おい、亮吉」

と水上から声がかかった。彦四郎だ。

「機嫌は直ったか」

と北詰に走った亮吉は芝河岸に猪牙舟を寄せた彦四郎の舟に飛び乗った。

「親分の留守に政次め、えらく派手に売り出したな」

彦四郎が懐から読売を出した。

「常盤町の宣太郎親分には今も嫌みを言われたがね、江戸で仕事をあやつらにさせなかったんだ。今日くらい金座裏の面々も胸を張ってもよかろうじゃないか」

と亮吉が胸を張った。

「おれも大捕物に加わりたかったたな」

彦四郎がつい本心を洩《も》らした。

「分かっていりゃ、なんで駆け付けてこなかった」

「も組の棟梁が高張提灯《たかはりちょうちん》なんぞを突き出して、中橋広小路を真昼間のように明るくするものだから、大鋸《おが》町界隈から寝間着姿の奉公人が飛び出してきてよ、中橋広小路に殺到して、竹棹持ったおれの行く手を塞ぎやがった。どうしようもねえじゃねえか」

「彦四郎、おめえ、金座裏の手下を何年やってんだ。間抜けはてめえじゃねえか、素人《しろうと》衆に先んじられてよ」

「おりゃ、金座裏の手下じゃねえや。綱定《つなさだ》の船頭だ」

「そうか、彦四郎は船頭だったか」

「くそっ、すっきりしねえや」

彦四郎が叫んだ。

「悔しがらないできけよ。此度《こたび》の一件はな、御城で評判になってよ、上様のお耳に達したらしいぞ」

「なんで町方の捕物まで上様が気になさるんだよ」

「酒江貞政って剣術遣いは、上方で血生臭い押込み強盗を繰り返して東海道を下ってきたんだ、大坂奉行所じゃあ、与力同心二人が野郎に斬り殺されている、お上にも面《メン》子《ツ》があらあ。江戸に入る前に小田原で急ぎ働きをしのけたのが運のつき、新入りの手下が二人捕まったろう。そいつを大久保家では宗五郎親分の願いを快く聞き入れて、江戸に早速押送り船で送り込みなさった。親分がお奉行の小田切様に大久保様の英断について、幕閣でよしなにお披露目して下さいませぬかと手紙で願われたそうな。その話が公方《くぼう》様の耳に届いてよ、公方様が今朝方、大久保忠真《ただざね》様と小田切様を呼ばれて、忠真、よき心がけであった。押込み強盗を江戸潜入早々に北町と金座裏が捕らえたのは、偏《ひとえ》に大久保家の決断あったればこそと褒められたというぞ」

「大久保の殿様が褒められたからってなんだ」

「だからよ、大久保の殿様が面目を施《ほどこ》したのは宗五郎親分の助言があってのことだ。また公方様は、酒江貞政一味に一つの仕事もさせずに十六人全員をお縄にしたのは北町奉行所の大手柄と小田切様も褒められたんだと。それでよ、どうやら小田切様も新堂の若様、寺坂の旦那に格別に褒賞を与えられるそうだぜ」

「金座裏はどうなる。なんたって一番働いたのは政次若親分とてめえらじゃねえか」

「そう思うか」

「思うさ」

「だけど、うちはなにもないらしいや」

「町方は働き損か」

「まあ、致し方ねぇよ。おれっちは地道に働いてなんぼだ」

「なにが地道だ、派手に夜明け前のお練りなんぞをしやがって」

　彦四郎がまた一人乗り遅れた後悔を口にした。

　亮吉が彦四郎と別れて金座裏に戻っても政次若親分の姿はなかった。

「八百亀《やおかめ》の兄さん、若親分はどこに行ったんだ」

「大番屋で寺坂様らの調べに立ち会っていなさるのよ」

「兄さん、おれはその大番屋から戻ってきたんだぜ。おれが出る前には姿がいなくなってたんだ」

「若親分のことより亮吉、おめぇ常盤町の前で派手に昨夜の捕物を語ったらしいな。あんまりあいつを怒らすとなにをしでかすか分からないぞ。宣太郎親分をあんまり虚仮にするのは控えねぇ」

「兄さん、あのげじげじからいきなり小言を食らったんだよ。よその手先に小言を食らわす暇があったら、こそ泥一人でもお縄にしやがれってんだ」

　という亮吉の啖呵に八百亀がにたりと笑って、

「おめえの気持ちはわからないじゃねえがな」

と応じた。

二

金座裏に夕餉《ゆうげ》の刻限が迫り、八百亀以下町廻りに出ていた手先たちが顔を揃《そろ》えた。

だが、肝心の若親分政次が戻ってくる様子がない。

「八百亀の兄さん、若親分、遅いじゃないか。どこへ行ったんだよ」

「さあな、若親分は子供じゃねえんだ。どこに行きなさろうと致し方なかろうじゃないか」

「しほさんの留守の間に羽を伸ばしていいのかね」

「亮吉、おめえの魂胆でものを言うんじゃないよ」

と稲荷《いなり》の正太《しょうた》が注意した。

「おれの魂胆ってなんだよ、正太兄さん」

「若い女にもててえ、美味《うま》い酒が飲みてえ、金儲《かねもう》けがしてえと、まあそんなとこかね」

「兄さん、どうしておれの考えることが分かるんだ」

「顔に書いてあるじゃねえか」

「えっ、おれの顔に」

　と亮吉が慌てて手で面を拭《ぬぐ》った。

「慌てて拭ってもむだだ。しっかりと沁《し》み込んでいてとれねえよ」

「そうかね、湯屋に行ったときにしっかりと洗おう」

　と亮吉が応じたとき、がらがらと格子戸が引かれる音がした。

「若親分のお帰りだ」

　と波太郎が出迎えに玄関先にすっ飛んでいった。そして、玄関口でなにかぼそぼそと押し問答でもしている風があって、

「そりゃ、困りますよ」

　と波太郎の困惑の声が響き、控えの間にいた八百亀以下が顔を見合わせた。とそこへ、すうっと容子《ようす》のいい娘が入ってきて、

「私の政さんはどこなの」

　とだれともなく尋ねた。

「わ、わたしの政さんってだれのことだ」

　亮吉が素《す》っ頓狂《とんきよう》な声を上げた。

ていくと、行灯《あんどん》の灯《あか》りに見目麗《うるわ》しい白い顔が浮かび、悪びれた様子もなく金座裏の居間に入っ

「あら、これが有名な金流しの十手なの」

と手を伸ばそうとした。

「姉さん」

八百亀のびしりとした声が娘の行動を制した。

「なんの真似《まね》だえ。ここはおめえさんがいうとおり、幕府開闢《かいびゃく》以来お上の御用を言いつかってきた金座裏の宗五郎の家だ。女子供が遊びにくるところじゃねえがね」

「あら、八百亀の兄さん、つれないお言葉ね」

「おりゃ、おまえさんの顔に見覚えがねえ。気易《きやす》く政さんだの、八百亀だの呼ばれる謂《いわ》れはねえがね」

「八百亀の兄さん、怒ったの。ならば謝るわ、ほら、このとおり」

と娘は両手を合わせて片目を瞑《つぶ》ってみせた。

年の頃は一見十八、九に見えるが、もう二つ三つ上かもしれないなと八百亀は女の顔色を窺《うかが》いながら推量した。

「姉さん、そろそろタネ明かしをしちゃあくれめえか。御用に差し支《つか》えてもいけねえ

「タネ明かしだなんて、簡単よ。政さんと二世を誓ったお夕紀《ゆき》が金座裏に初めての訪《おとな》いよ。今後のことをとくと話し合おうと思ってさ」

「ち、ちょちょっと、姉さん、冗談が過ぎるぜ」

亮吉が口を尖《とが》らした。

「あら、どぶ鼠、なにか文句があるの」

「あるもなにも政次若親分にはしほさんって恋女房がいるんだよ。そのしほさんが親分方のお供で江戸を留守しているときに波風立てるようなことをするんじゃないよ」

「おかみさんがいるのは承知のお付き合いなの、気にしないで」

「気にしないもなにもあるものか。一体全体おめえさんはどこのだれだえ」

「柳橋の料理茶屋寿々《すず》よしのお夕紀だけど」

と女があっけらかんと答えた。

「待ちねえ、お夕紀さん。柳橋の芸者が金座裏に乗り込んできて、若親分を政さん呼ばわりするには魂胆がなきゃあならねえ」

「八百亀の兄さん、私と政さんは松坂屋の手代時分からの仲なの。肌身を知っているのはこちらのしほさんより先よ」

や」

「おっ魂消《たまげ》た」

亮吉が両眼をぐるぐる回した。

「お夕紀さん、柳橋界隈はうちの縄張り内といってもいいところだ。明日にも寿々よしの女将《おかみ》さんにこの八百亀が挨拶《あいさつ》に行く。今宵《こよい》は見てのとおり若親分も留守、まずは引き上げてはくれめいか」

「うちの女将を承知なの、八百亀の兄さん」

「おれも先代の婆様時分から亀次《かめじ》って呼ばれて可愛《かわい》がられた仲だ、ただ今の女将さんとも娘時代からの知り合いだ。お夕紀さん、きっちりと挨拶はさせてもらう」

「分かったわ、八百亀の兄さんの顔を立てて今宵は黙って引き上げるわ。だけど、この次来るときは枕《まくら》を持参するわよ。政さんたら、私の鬢《びん》付けの匂《にお》いが染みた箱枕じゃないと眠れないというの」

平然と応じたお夕紀は、
ぽんぽん
と神棚に向かって手を叩くと入ってきたとき同様にすいっと玄関へと姿を消した。

「お、驚いた」

亮吉が茫然《ぼうぜん》自失とするところに、

「常丸《つねまる》、伝次《でんじ》、あの女のあとを尾《つ》けろ。気取《けど》られるんじゃないぞ」

と命じて二人が素早く台所へと姿を消した。

「おれもいこうか」

「おめえはここにいねえ」

と八百亀が亮吉を制した。

「だってよ、若親分の情婦《おんな》が金座裏に乗り込んできたんだぜ。こいつは幼馴染みのおれが身を挺《てい》しても降りかかる火の粉を振り払わなきゃなるめいが」

「馬鹿野郎」

「兄さん、馬鹿野郎ってなんだよ」

「てめえは本気で若親分の色女《いろ》と思ってやがるのか」

「だってよ、松坂屋の手代時分からの馴染みといったんだぜ」

「おめえって奴は」

と呆れかえった八百亀が、

「むじな長屋で物心ついたときからの付き合いじゃねえのか」

「そうだよ」

「若親分の気性もなにもかも承知だな」

「そうよ、ちんころみてえに彦四郎と三人で一つの饅頭《まんじゆう》を三つに分けて食い合った仲だ」

「それでいて若親分のことが信じられねえか」

「えっ、あ、あの女、でたらめをいってやがるのか。そうなのか、八百亀の兄さん。まさか、稲荷の兄さんよ、だんご屋の兄いよ、あの女、政さんの女といったぜ。どうなってんだよ」

「八百亀の兄い、馬鹿につける薬はねえってほんとうだね」

稲荷の正太が蔑《さげす》んだような顔で亮吉を見た。

「えっ、おれだけが政さんの女のいうことを信じたのか」

亮吉が若い波太郎を見た。すると波太郎がこっくりと頷《うなず》き返した。

「だ、だってよ、あの女、親分やおかみさんやしほさんの留守の間によ、いきなり金座裏に乗り込んできてよ、あの調子にまくしたてたんだぜ。だれでも信じるじゃねえか」

「亮吉、おめえが櫓下《やぐらした》のすべた女郎となんの約束をしているか知らねえが、若親分と一緒くたにするねえ」

だんごの三喜松《みきまつ》が憮然《ぶぜん》とした顔で言った。

「おれだけが女のいうことを信じたってのはおかしかねえか。あんな綺麗《きれい》な女がいうこったぜ、まともにするよな、波太郎」

「亮吉兄さん、最初は驚いたさ。そのうち狐《きつね》でも憑《つ》いた女かと思ったぜ。だが、目は尋常だ、するとこりゃ、なんぞ魂胆あってと思うじゃねえか」

「そんなこと思うか。おりゃ、若親分があの女と理《わり》ない仲ならしほさんが湯治から帰る前になんとしても別れさせなきゃあと泡食ってよ、頭ん中がいろんな考えでごちゃごちゃになっちまったんだよ」

と言い立てた。そこへ、

「亮吉、しほの留守の間に訪ねてきた女の始末をつけてくれるのか」

と政次が言いながら、寺坂毅一郎と一緒に入ってきた。

「若親分、寺坂様、お帰りになっておられたので。気がつかなくて申し訳ございません」

と八百亀が詫びた。

「なにか面白そうな話だな」

寺坂が上機嫌の顔で長火鉢の前にどっかと腰を下ろした。

政次は銀のなえしと奉書に包まれたものを三方《さんぼう》の上に丁寧におくと柏手を打って帰

宅を神棚に告げた。

　長火鉢の脇に座した政次が、

「八百亀、なにがあったんですね」

　と改めて聞いた。

「ちょっちょっちょっと、若親分、驚いちゃならねえぜ」

「驚いているのは亮吉だけのようだけど」

「そうじゃねえよ、こいつは表沙汰《おもてざた》になると大騒ぎになる厄介な代物《しろもの》だ。若親分の名に傷がつくことだぞ。事は慎重によ、それでいて果断に処置しなきゃあならねえ。なにしろ松坂屋の手代時分からの馴染みだからよ」

「まだ言ってやがるか、亮吉」

　ほとほと手がつけられないといった表情で八百亀が茶番劇の一部始終を手早く物語った。

「それはそれは、私の女が現れましたか」

「政次、じゃねえ。若親分、金座裏に入る前にわけありの女がいたらいたで、おれにいうがいいじゃねえか」

「そうしたらどうなるんだ」

「おれが身を挺してよ、政次さんの幸せのためだ、芸者ならおめえも立場が分かろうってもんじゃないかと事の理をわけて説いてよ、別れさせたよ」

「ありがとうよ、亮吉」

「礼なんぞ言っている場合じゃねえぜ。あと十日もすれば親分もよ、おかみさんもしほさんも金座裏に戻ってくるんだぜ」

八百亀らはもはや黙り込んでなにもいわなかった。

「亮吉、松坂屋の給金がいくらか承知かい」

「そんなこと知らねえよ」

「柳橋の芸者と馴染みになるほどの給金は貰ってないよ。それに給金の大半はお店が預かって暖簾《のれん》分けや奉公を辞するときに返金してもらうのだ。私もこちらにくるときに、松六様と由左衛門《よしざえもん》様によばれ、給金に祝いの金子を加えて四十両もの大金を頂戴した。手代時代、自由になる金は豊島屋《としまや》さんで田楽《でんがく》を食べるくらいのものだよ。いつだか、しほになにかを贈りたくて、とんぼ玉のかんざしを買ったことがあったっけ。その金はおっ母さんに借りたんだ」

「金はねえかもしれねえ、だけどよ、世間には遊女や芸者が入れあげるって話を聞くぜ」

「亮吉、そろそろ目を覚ましてくれないか。吉原の女郎衆も柳橋の芸者衆も金が取り持つ遊びと心得ておられる。銭のない手代に入れあげる芸者なんていやしないよ」

「お夕紀という女を知らないか」

「知らないな」

「おかしい」

と亮吉が叫び、

「やっとおかしいと分かったか」

と寺坂が苦笑いし、

「さて、だれが女の黒幕だえ、女は銭で雇われて動いているだけだろう。なんぞまだ仕掛けが残っているような気がするがね」

と皆を見回した。

「寺坂の旦那、常丸と伝次にあとをつけさせてございます。女狐をだれが裏で操っているか明日にも分かりましょうよ」

と八百亀が応じた。様子を窺っていた女衆のおさんが顔を見せて、

「若親分、験《げん》直しに酒をつけようかね」

と聞いた。

「そうですね。私の色女が姿を見せた祝いにお酒を頂戴しましょうかね」

と政次が応じて、

「そんな呑気《のんき》なことでいいのかね」

と亮吉が首を捻《ひね》った。すぐに波太郎がお燗番《かんばん》に台所に立った。

「ならば亮吉は、今晩お酒は遠慮するか」

「おれだけ酒抜きは殺生だ。ほれ、唐國屋の大捕物の祝いもしていないもんな」

「だから、お酒を頂こうというのだよ」

「若親分、なんぞいい話があったようでございますね」

と八百亀が政次に聞き、

「ございました」

と政次が真面目《まじめ》な顔で応じた。

「なにがあったんだ。別の女に会ったというんじゃねえよな」

「亮吉の頭は女、酒、金しかないのか」

「そうじゃないのか」

「亮吉、心して聞いてくれ。これは夢の話だからね」

「夢の話たあなんだ」

「だから夢の話なんです」

「おかしかねえか」

「いや、おかしくありません。亮吉、私のいうことを飲み込んでくれないと話せないよ」

「なんだか分からないが夢の話を聞かせてくんな」

「北町奉行小田切様のお供で城中吹上《ふきあげ》御庭御馬場に立ち入る夢を見ました」

「吹上御庭」

　と亮吉が茫然と呟《つぶや》いた。

「御庭の東屋《あずまや》に家斉《いえなり》様がおられて、お言葉を頂戴する夢を見たのさ」

　八百亀らの顔が緊張して、次に和《なご》んだ。

「なんだって、白昼に夢を見て公方様に会ったって」

「ええ、夢でね」

　と笑みの政次が立ち上がり、三方の金流しの十手と奉書包みを神棚から下ろすと、

「家斉様から家光様以来の金流しの十手には房《ふさ》がついてないと聞いておるが、しかとさようかとお尋ねがありました、夢の中でね」

「夢、夢とそう一々念をおさなくても夢なんだろ」

「いかにも夢です。私が金流しの十手にはいかにも房はございませんとお答えすると、家斉様は予が紫房《むらさきぶさ》を許すとご下賜《かし》されたんですよ」

と言いながら、政次が奉書包みを披《ひら》くと紫房を取りだして金流しの十手の輪環に結びつけた。

紫は高貴の色だ。限られた身分の人しか着用することは出来なかった。それを幕府開闢以来の古町《こまち》町人とはいえ、御用聞きが紫房を許されたのだ。

政次が鉄環に通された房を感慨深そうに見ていたが、だれもがなにも言わなかった。

立ち上がった政次が神棚に再び金流しの十手を戻し、拝礼するのに寺坂毅一郎以下手先の面々が合わせた。

「こりゃ、夢の話だよな」

と亮吉が呟いた。

「いかにも夢の話です」

「最前の女も夢の話ならいいがな」

「まだいってやがるぜ」

と八百亀が力無く笑った。そこへ波太郎が燗のついた徳利を盆の上に林立させて運んできた。そして、女衆が膳を座敷に並べ始めた。

「寺坂様、私の色女出現を祝して、まずは一献《いっこん》」

と徳利を摑んで寺坂の盃を満たした。両手で受けた寺坂がいったん長火鉢の縁に盃を置き、政次の酒器に酒を注いだ。

その間に八百亀らも互いに酒を注ぎ合い、政次が、

「湯治に出た親分としほのお陰で私どもが押込み強盗酒江貞政一味をお縄にすることができました。そのおかげで家斉様にお目にかかる夢を見られました。寺坂様を始め、皆にお礼を申します」

「若親分、夢の続きがあったんじゃないかえ」

「そうでした」

と笑みの政次に、

「なんだい夢の続きは」

「来春の御能拝見にはしほを連れて宗五郎と一緒に御城に参れと家斉様が申されたんだよ、亮吉」

「それも夢の中のことだな」

「いかにもさようさ」

八百亀が、

「若親分、おめでとうございます」

と祝いの言葉を述べて一同が酒を飲みほした。

「格別にうめいぜ」

「寺坂様、これって夢じゃないよね」

と亮吉が判然としない顔を指でつねり、

「夢はうつつ、うつつは夢よ」

と八百亀が満足そうに呟いたものだ。

三

常丸と伝次が金座裏に戻ってきたのは四つ（午後十時）に近い時分だった。

寺坂毅一郎も八丁堀に戻らずふたりの帰りを待っていた。政次は格子戸のあく気配に自ら立って玄関まで出迎え、

「ご苦労だったね」

と労《ねぎら》った。

「若親分、あの女狐に江戸じゅうを引き回されたぜ」

と常丸がうんざりとした声で応じ、

「ささっ、表は寒かったでしょう。寺坂様もお待ちです、上がって下さい」

と政次が招じ、

「だれか酒の燗をつけておくれ、汁を温めておくれ」

と次々に命じた。よし、きた、と亮吉が台所に立ちながら、

「若親分、やっぱりよ、政さんの女が気になるんだ」

と呟き、八百亀がじろりと亮吉を睨んだ。

「寺坂様、お待たせして申し訳ございません」

と常丸がまず居間に入ってきて詫びた。

「江戸じゅうを引き回されたって」

「へえ、この寒空にこっちの鼻面《はなづら》つかんだように引き回したんで。金座裏を出たあと、柳橋に帰るどころか魚河岸を突っ切り、中之橋を渡って堀江町をぶらぶらして、万橋をさらに渡り、新乗物町から長谷川町、富沢町の夜店をひやかし、入堀に突き当たったから、ああこれで両国西広小路に出て、柳橋だと思ったら、なんと入堀沿いに曲がって大川へと下り、ご三卿《さんきょう》清水様の下屋敷の前に架かる川口橋を渡って新大橋に出ると、今度は大川端を両国橋へと上っていきやがった」

「なんぞ狙《ねら》いがあるのかね」

と八百亀が呟き、

「大川端の寒いのなんのって」

と常丸が思いだしたように洟《はな》を啜《すす》った。

「あの女、なんとも足の達者な女でしてね、金座裏を出て一刻以上も引き回されて、ようやく神田川河口の柳橋にご到着だ。なんのためにおれたちを引き回したんだか。きっと尾行がつくことを承知であちらこちらと遠回りしやがったんですよ」

「まあ、そんなところでしょうね」

「若親分、これからがまたひと騒ぎだ」

「どうしました」

「料理茶屋寿々よしの門を潜ったからようやく人心地つきましてね、間合を見て中に入りましたのさ。そしたら番頭《ばんとう》があれ金座裏のお手先衆、夜分に御用ですかと迎えやがった。そこでおめえの家の抱え芸者お夕紀のことだ、と聞いたと思いなせえ」

「なんぞございましたので」

「へえ、お夕紀の名を出すと番頭の顔色が変わりやがってね、女将さんを呼んでわっしら控え部屋に通された」

常丸が話を進めたところに亮吉が熱燗を二本盆に立てて運んできた。

「常丸の兄い、伝次、茶碗できゅっとやってくんな。寒さが吹っ飛ぶぜ」

と茶碗に七分ほど注いで二人に持たせた。

「ごちになる」

と喉も渇いていたのか、常丸がいうときゅっと茶碗酒を半分ほど飲みほし、ふうっ、と小さな息を吐いて、

「あの女、三月《みつき》前までは寿々よしの抱えでしたがね、すでに辞めさせられていやがった、若親分」

とようやく顔の強張《こわば》りのとれた視線を政次に向けた。

「ほう、辞めさせられていましたか。むろんそれには理由《わけ》があってのことでしょうね」

「一年も前から寿々よしの座敷で頻々《ひんぴん》と銭がなくなる騒ぎがあったそうな。寿々よしも直ぐにお上に届ければいいものをそのままにしておいた、店の暖簾に疵《きず》がつくと思ったそうな。そのうち、お夕紀がつく客の懐中物から主に一両小判が一、二枚と消えてなくなるのが分かった。そこで盗みを働くのはお夕紀の仕業じゃねえかと疑いはあったが、だれも見た者はいない。なによりお夕紀は売れっ子でね、寿々よしとしても何十両も盗まれるわけでなし、内々に済まそうと考えたんだね。客もお夕紀と決め付

けちゃあ可哀相《かわいそう》だと穏便《おんびん》にことを済ませようとしたのが仇《あだ》になり、三月前を迎えたってわけだ」

「ほう、なにか起こりましたか」

「寿々よしに南塗師町《みなみぬし》の阿波屋《あわや》の旦那が座敷に上がって芸者衆を呼んで一夜賑やかに騒ぎなすった。その席に常盤町の親分が供で上がっていた」

「なにっ、宣太郎が寿々よしにだと」

と寺坂の声が尖った。

「はい、そうなんで。寿々よしでは御用聞きの親分の目の前で不始末が起こってもいけません、お夕紀の名は伏せて、懐中から一、二両なくなるかもしれませんが、余興にございます。あとでうちがお立て替えしますと常盤町の親分に耳打ちして願ったそうな」

なんということをと政次が呟き、一座に緊張が走った。寺坂も、常丸の報告に、

「常盤町が一枚噛《か》んでいやがったか」

と顔を曇らせた。

「寿々よしもなにも客の供できた常盤町なんぞに頼み込むことはなかったのですよ。うちに内々にと頼めばこんな騒ぎは起こらなかったんですよ」

と常丸が答え、

「常盤町は手癖の悪い奉公人のあたりをつけるために座敷で旦那に手拭いで目隠しをさせて、鬼さん、こちらなんぞ、芸者衆に賑やかに掛け声をかけさせて騒ぎ立て、お夕紀が旦那の持ち物に手をつけるところを押さえたと思えるんです」

「ほう、それはそれは」

「後日、常盤町が寿々よしを訪れて、寿々よしの女将さんにお夕紀を辞めさせねえと忠告したそうな。常盤町がお夕紀が阿波屋の旦那の持ち物を探る現場を押さえたようなので、驚いた寿々よしでは暖簾に疵がつくのを恐れて、阿波屋には詫びを入れ、常盤町には相応の金銭を贈ってお夕紀の盗みをうやむやにして辞めさせたそうな」

「それが三月前のことですね」

「へえ」

と常丸が答え、亮吉が、

「寿々よしの抱えを辞めさせられた芸者が、なんで寿々よしの門を潜るんだよ。常丸の兄い」

と疑問を呈した。

「そこだ、亮吉。あの女狐、おれたちをからかうつもりか昔勤めていた料理茶屋に誘い込み、勝手知ったる庭の暗がりに隠れて、おれたちの動きを見ていたんじゃないかと思うんだがね」

「一体全体、なんのつもりでこんな面倒なことをしのけたんだ」

亮吉が首を傾《かし》げた。

「そりゃ、若親分がほんとうにお夕紀と関わりがあってよ、肌身を交わしたというなら、嫌がらせと推測もつく。だが、若親分は手代時代に遊ぶ金がなかったと言いなさる。ほんとうに寿々よしの座敷に上がったことはないのかい、若親分よ」

「亮吉、寿々よしの女将さんはたしかに松坂屋の客でしたよ。でも、掛かりは私じゃない、三番番頭の磯次郎《いそじろう》さんでした。私は店頭でお見かけして会釈を交わしたくらいでね、ましてお夕紀なんて芸者が松坂屋の店を訪ねるなんてことはなかったね」

と政次が素直に応じ、寺坂が、

「気になるのは常盤町が噛んでいることだぜ、若親分」

と言い出した。

「寺坂様、若親分、常盤町は間違いなくお夕紀の手癖が悪い場を押さえたんですぜ。寿々よしから口封じの金子も出たので、こいつはまだまだ金になると思った。ひょっとしたら、辞めさせられた後もお夕紀に連絡《つなぎ》をつけて、操ってますぜ」

と八百亀が言いだした。

「八百亀の兄さん、軽々にものをいうのはよくございいません。常盤町は私らのお仲間です」

と政次が庇《かば》った。

「若親分、常盤町が金座裏の評判を落とそうとあれこれと企《くわだ》てているのは周知の事実だ。まして此度、中橋広小路で酒江貞政一味を手捕りにした一件は、読売が派手に書き立て、上様からお褒めの言葉まで頂戴した、こいつはひょっとするとひょっとするぜ」

と寺坂が言い出した。

「寺坂様、公方様の一件はだれも知らないことですよ」

「いやさ、こんな噂《うわさ》はどこからともなく洩《も》れて耳に入るもんだぜ。常盤町は金流しの十手に紫房が付いたなんてことは夢にも思うていまい。だが、上様のお耳に達したくらいは、あいつでも推量がつくことだ。親分が湯治にいって留守の間になんとしても金座裏の評判を地に落としたい一心でお夕紀を利用したなんてことも不思議じゃねえ」

と寺坂が言い切った。

「ありえます」

と八百亀も応じた。

しばし沈思した政次が、

「寺坂様、これは慎重の上にも慎重を期さねばならない出来事かと存じます。常盤町の金座裏への嫉妬《しっと》は今に始まったことではございません、その分で止まっているならいいが、北町と南町を巻き込むような騒ぎに発展させてもなりますまい」

「いかにもさよう。だがな、常盤町と女狐が関わりあるかどうか、こいつは金座裏が動かないほうがいいようだ。若親分、おまえさん方は知らない素振りで御用を務めねえ。北町の密偵に常盤町の身辺を探らせる」

と寺坂が言った。しばし考えた政次が、

「お願い申します」

と頭を下げた。

騒ぎは翌日起こった。

読売が派手に柳橋芸者お夕紀と金座裏の政次若親分の艶聞《えんぶん》を書き立て、売りに出したのだ。

金座裏で最初にその読売に目を止めたのは町廻りの最中の常丸と伝次だ。

「おい、金座裏の面々よ、呑気に町廻りなんぞしてていいのか。若親分のことを読売が書き立てているぜ」

と顔見知りの左官の元吉《もときち》が腹がけから読売を差し出した。元吉は時に豊島屋に顔を出す客の一人だ。

「なんだと、見せねえ」

元吉の手から常丸がひったくり、あっ、と悲鳴を上げた。

屋根船の炬燵《こたつ》の中でお夕紀と政次らしい男女があられもない姿で絡み合う絵まで添えてあった。むろん町奉行所が許す筈《はず》もない闇刷《やみず》りの読売だ。

「糞《くそ》っ、常盤町の宣太郎め」

と伝次がうっかりと口にし、常丸が、

「その言葉は禁句だぜ」

と注意した。そして、

「元吉さん、この読売、おれに売ってくんねえか」

「もう読んだよ、持ってきな」

元吉が鷹揚《おうよう》に言った。

「常丸兄い、あられもねえ読売なんてどうするんだよ。政次若親分に見せられねえよ」

「馬鹿野郎、この読売屋がどこか付き止めるんだよ」

「あっ、そうか」

「餅《もち》は餅屋だ。読売屋に聞くぞ」

常丸がその読売を懐にねじ込むと、鉄砲町の裏店《うらだな》に走った。この鉄砲町界隈には江戸でも一、二を競う読売屋の栄屋《さかえや》と早耳屋《はやみみや》が通りを挟んで向き合っていた。常丸が飛び込んだのは栄屋の店先だ。

「おや、きんさうらのつねさんか」

とまだ風邪の治りきらない黒カラスの完公が二人を迎えた。

「いらっしゃい。なんぞ御用で」

栄屋の主の甲右衛門《こうえもん》が眼鏡《めがね》ごしに二人を迎えた。

帳場格子の机の中で筆を片手になんぞ思案していた風の甲右衛門の口の端は墨に染まっていた。夢中になると筆先を舐《な》める癖があるせいだ。

「この読売を見てくんな」

常丸が帳場格子を出てきて上がり框《がまち》に腰を下ろした甲右衛門の前に広げた。

「うちじゃこんな危ない橋は渡りませんよ」

「栄屋がこんな真似をするなんて思ってもねえさ。餅は餅屋、この読売の版木を彫った職人か、読売屋に心当たりはないかと思ってね、知恵を借りにきたんだよ」

　と常丸が願うと、甲右衛門が、

「おーい、早耳屋の番頭さん！」

　と表に向かって叫び、向き合う早耳屋の番頭の佐七《さしち》が飛び出してきた。

「金座裏がそろそろ姿を見せてもいい時分と思うてましたよ」

　佐七は懐から一枚の読売を出して見せた。常丸が持ってきたのと同じ絵柄の読売だった。

「さすがに抜かりはねえや」

　と伝次が頷いた。

「佐七さん、この彫り手はだれだ。もう見当はつけていなさるんだろ」

「浮世絵師喜多川文麻呂《きたがわふみまろ》の彫り師だった黄三郎《きさぶろう》とみたがね」

「わたしもそう見ました。昔はこの絡み合う線描にぴーんと張った色気と緊張がそこはかとなくございましたよ。酒に身を持ち崩して喜多川門下を追われ、とうとう闇の彫り師に落ちたと噂を聞いていましたがね、こんなことまで手を出すようになりましたかね」

と甲右衛門が嘆いた。そして、常丸を見ると、

「常丸さん、黄三郎はなかなかの腕利きの彫り師だったがね、地獄に堕《お》ち込んだのは酒だ、それも並みの酒量じゃない。飲み始めると止め処《ど》がなく何日も続く、その挙げ句に仕事をしくじり、最前言ったように浮世絵の世界から追い出された。最後は酒毒で手が震えていたと聞いたよ」

「闇の彫り師に堕ちたと言いなさったね、どこに行けば会えるね」

甲右衛門が佐七を見た。

「数か月も前のことだ。川向こうの回向院《えこういん》裏の煮売り酒場でうちの若い衆が会ったそうだ。その酒場でも黄三郎を持て余しているらしく邪険に扱われていたという話でね、その場の飲み代を払ってきたそうな」

「煮売り酒場の名は分かりますか」

「本所松坂町の丹熊《たんくま》よ。あの界隈じゃあ、名の知れた酒場だよ」

と佐七が即座に答えた。

「川向こうにのすかえ」

と甲右衛門が常丸に聞いた。

「おうさ、うちの政次若親分にあらぬ疑いをかけて江戸中に知らしめようとしている闇の読売屋をふん縛らなきゃあ腹の虫が収まらねえよ」

と常丸が言い放った。

「常丸さんよ、ものは相談だがね」

「なんだい、栄屋の旦那」

「金座裏の若親分を嵌《は》めようとしているのは手癖の悪い芸者や読売屋じゃああるまい、政次さんがそんな蓮《はす》っ葉《ぱ》な女に引っかかるとも思えないからね。その背後にだれぞいると見たがね」

さすがに読売屋だ、闇の読売が意味するところを察知していた。

「おれたちもそやつをあぶり出そうと、こうして走り回っているのさ」

「闇の読売かもしれないが、世間にはこんな読売を信じる輩《やから》も大勢いるんですよ。おまえさん方が黒幕を暴《あば》き出したときに、うちと早耳屋さんに一足先に知らせてくれないか。この二軒で政次さんに振りかかった災難の真相を書き立てて、江戸じゅうに真相はこうだと知らしめるよ」

「そいつはなんともいい話だ。だがな、手先の一存でうんとは安請け合いできないや。すまないが若親分の許しを得るまでこのことはここだけの話にしてくれないか」

「常丸さんよ、なんとしても政次さんを口説いておくれよ。そいつはわっしらのためになるんじゃない、金座裏のためになることだ」

「万事飲み込んでいるって」

と胸を叩いた常丸が、

「回向院裏の丹態だったね、なんとしても彫り師の黄三郎を今晩じゅうにとっ捕まえるよ」

栄屋の主と早耳屋の番頭に言い残して、表に飛び出していった。

常丸と伝次が駕籠に酔っぱらった彫り師の黄三郎を乗せて金座裏に戻ってきたのは、六つ半過ぎのことだった。

金座裏には闇の読売の記事を案じた永塚小夜、寺坂毅一郎、新堂孝一郎、それに八百亀以下の面々が押し黙ったまま顔を揃えていた。

「常丸兄い、こんな大事な時にどこに雲隠れしていたんだよ」

玄関先に迎えた亮吉が文句を言い、ぐでんぐでんの黄三郎を見て、

「なんだい、この酔っ払い。あっ、小便を漏らしているぞ」

と大声を上げたので居間にいた面々が玄関に集まってきた。

金座裏の土間は町内の番屋の土間よりも広い。その真ん中に酔っ払いが大の字になって潰《つぶ》れていた。

「若親分、その昔、喜多川一派で腕利きの彫り師だった黄三郎のなれの果てですよ。今じゃあ、酒代ほしさに闇の読売のあやしげな版木を彫っているんでさ」

「私とお夕紀のからみを彫った当人ですね」

「いかにもさようで」

「酔い潰れているようですが、話が聞けますか」

「正気に戻るのは朝の間だそうで」

「じゃあ、なんで酔っぱらいを連れてきたんだよ、常丸の兄さん」

と亮吉が文句を言った。

「一月も前、闇の読売に版木を彫った罪で黄三郎はお縄になっているんでございますよ」

「常丸、お縄にしたのは常盤町の宣太郎親分ですね」

「若親分、いかにもさようでございます」

と常丸が笑みの顔で答えて、頷き返した政次が新堂と寺坂を振り向いた。

「さてどうしたもので」

四

浅草御蔵前の四番堀と五番堀の間、隅田川鎧《よろい》の渡し近くのかわっぺりから流れに突き出すように松が枝を伸ばしていた。

だれが言い出したか首尾《しゅび》ノ松と呼ばれ、柳橋から吉原に通う猪牙舟や川遊びの粋《いき》な客の目を楽しませた。

今宵は筑波颪《つくばおろし》も雨もお休み、おぼろ月が御米蔵界隈をほんのりと照らし付けていた。

六つの時鐘が浅草寺《せんそうじ》で打ち出されて半刻も過ぎた頃合い、下流から一艘の屋根船が漕ぎ上がってきて、首尾ノ松上の岸辺に止まった。

この首尾ノ松界隈は男女の密会の場所として知られ、船頭は夏なればすだれを垂らし、冬ならば障子を立て回して半刻から一刻ほど心得顔に姿を消した。

手際よく舫い綱を打った船頭が一枚だけ開けてあった障子を嵌め込んで、黙って船から河岸に飛び上がった。

障子の向こうに男女の影がうっすらと映じて、男の野暮ったい声がした。

「酒も飲み飽きた。お夕紀、宵の口から鶯《うぐいす》の音を聞きたくなったぜ」

と男が女の体に重なる気配があって一頻《ひとしき》り揉《も》み合いが続いた。そのせいで船がぎしぎしと揺れた。

　男はまだいささか事におよぶのは早いと思ったか、

「ご馳走《ちそう》は後回しだ」

　と洩らし、炬燵の上に手を伸ばして徳利を摑み、行儀悪く口をつけて酒を飲んだ。

　それを見た風の女が、

「ふーん」

　と鼻先で笑い、

「常盤町の親分、約束のものを拝みたいものだね。貰うものもらったら煮るなと食うなと私の体を自由にしな。一時の辛抱だ、わたしゃ、今夜を最後に江戸をあとにするよ」

「在所に戻り、小体《こてい》な食い物商いをしようという魂胆か」

「色を売るにはいささかトウが立っちまったよ」

「稼ぎはどうしたえ」

「よくいうよ。寿々よしでお縄にしてさんざん脅しつけたのはおまえさんじゃないか。あの折り、盗み溜《た》めた金子と寿々よしの給金の残り、二十三両二分、南町に差し出すと押さえたのは親分だったね。なにが南町の勘定方なものか、そっくりと己の懐に入れたんじゃないか」

ふっふっふ
と笑ったのは常盤町の宣太郎の笑い声で、また徳利に口をつけてごくりごくりと喉を鳴らして飲んだ。

ふうっ
と無作法な息を吐いた宣太郎が、

「お夕紀、十両盗めば首が飛ぶんだ、そいつをおれのところで留めおいたんだ。なんの文句があるものか」

「親分、いささか違うね。わたしゃ、客の懐に手をつけたさ、だがね、何十両も入った財布から一、二枚ちょろまかしただけだ。客の芸者に小遣いやろうと覚悟の前の金子をお先に頂戴しただけですよ。十両なんて大金に手はつけちゃあいない。それに第一、客におそれながらとお上に届けた者はいないんだよ。そいつをいいことにこっちの体を自由にし、私の溜めこんだ小判まで横取りしやがった。ちょいとばかり阿漕《あこぎ》ですよ」

「阿漕だと、文句があるか。お夕紀、人間どんな不細工な面でも首から上があって人間だ。お夕紀、おめえは運がいいことに愛らしい顔をしていらあ。あと二、三年ならば生まれ在所の神奈川で稼ぎに出られよう。食い物商いをするのはそれからにしねえ」

「常盤町の親分、私が恐れながらとお上に訴えたらどうなりますね。いくら十手持ちの親分でも、そのままじゃ許されますまい」

「おれを脅そうという算段か、止《や》めな止めな。そんな了見を出した悪党がこれまでいなかったわけじゃない。そいつらの末路を聞かせてやろうか」

「どうなりましたね」

「大川に浮かんだ野郎もいたし、砂村新田の地べたの下に眠っているワルもいる」

　と本気かどうか宣太郎がうそぶいた。

「一番のワルはおまえじゃないか」

「ということだ」

「親分、いくらワルだといえ約束は約束ですよ。金座裏の評判を落とす手伝いをしたら、私から横取りした金子に五両をつけてくれるって話はどうなりましたね」

「お夕紀、おめえの体は未《ま》だ瑞々《みずみず》しいや。このまま江戸でおれが囲ってやってもいいんだぜ」

「ご免ですね。わたしゃ、在所に戻ると決めたんです。今宵がおまえ様と最後の夜、約束を違《たが》える気ならば、このお夕紀、本気で数寄屋《すきや》橋に掛け込みますよ。それとも北町のある呉服橋を渡ろうかね」

「てめえに奉行所に駆け込まれてたまるものか。最後の一戦、たっぷりと鳴いてみせねえ。そんときにゃ、約束のものを考えねえじゃねえ」

「真ですね」

「おお、本気の本気よ」

と実《じつ》のない言葉が応じて、

「親分はしちこいからね」

と言いながらしゅっしゅっと音を立てた帯が絹ずれして女の影が崩れ、男の影が重なりあった。

そのとき、舫われていた屋根船がゆらりとして静かに下流へと流れ始めた。だが、船の中の二人は最前絡み合った時に艫《とも》と舳先《へさき》に一人ずつ人が乗り込んだことに気付かない。

その影が男女の会話をたっぷりと聞いていた。が、話に夢中の常盤町の宣太郎もお夕紀もそんなことを知る由《よし》もない。

「白い肌だぜ、在所に戻すのは勿体《もったい》ねえぜ」

と宣太郎が乳房をもぎゅっと摑《つか》んだが、

「痛いよ、親分」

の声がして、屋根船の舳先が川の中に突き出して打たれた杭《くい》に、
こつん
と当たって方向を大川の真ん中に変えた。

「船頭、だれが船を出せと言った」

宣太郎の怒鳴り声が川面《かわも》に響き渡った。

「屋根船の船頭は煮売り酒場で酔い潰れておりましょうな」

という低い声が艫から聞こえた。

「だれだ、てめえは」

「お気付きじゃあございませんので」

と答えた声にお夕紀が、

「どこかで聞いたような」

と呟いた。

「お夕紀、そりゃあんまりではございませんか。松坂屋の手代時代から馴染んだ声ではございませんので」

「金座裏の政次」

「なんだと、金座裏だと」

とお夕紀と宣太郎が叫び、がばっと炬燵から上体を起こそうとした。

「つるんだ体、離れちゃなりませんぜ。そのまま私の言うことを二人して聞くんですよ」

と政次の声が険しく制した。

「金座裏のちんぴらがおれをどうしょうというのだ」

「最前からの話、聞かしてもらいました」

「なんだと。男と女の睦《むつ》ごとは嘘《うそ》をまぶした言葉に決まっていらあ」

「さてどうでしょう。闇の読売屋を使った手口、なかなか鮮やかにございましたよ」

「政次、そんなこと知るかえ」

「彫り師の黄三郎の身柄を北町が抑えていましてね」

「なんだと、あんな酔っ払いのいうことがあてになるか」

「よくご存じでございますね。だが、朝の間一時《いっとき》ならば黄三郎の頭もぼんやりながら常盤町の親分に伝馬町の牢屋敷送りを許してもらった代わりに私とお夕紀の絡んだ版木を彫ることを受けさせられたことを喋るくらいはできましてね」

「でたらめいうねえ」

「お夕紀の手癖の悪さをよいことに私の情婦に仕立てあげましたね。どうやらお夕紀の体を楽しんだのは常盤町、おまえさんらしい」

「許せねえ」

炬燵から上体を起こした宣太郎が十手を摑んだ気配がした。

「常盤町、障子を開けちゃあなりませんよ。開けたが最後、常盤町の宣太郎って御用聞きは咎人《とがにん》になって伝馬町送りです。牢の中で御用聞きがどんな仕打ちを受けるか、長いことの十手持ちなら承知でしょう」

ひえっ
と悲鳴を上げた宣太郎が一瞬思案でもするように黙り込み、

「お夕紀、ちょうどいいや」

「なんだい、親分」

「おめえと金座裏の政次は大川心中だ。読売にあれこれ書かれたことを親分の宗五郎に知られたくなくて、心中沙汰だ。二人で仲よく三途の川を渡りねえ」

と船中で身支度をした様子があった。

「愚か者が」

という声が舳先からした。そして、ぎいっと櫓《ろ》の音がして大川に漂い流れる屋根船に船頭が飛び乗った。

「だれでぇ」

宣太郎が舳先を振り向いた。

「南町奉行所筆頭与力葛西善右衛門《かさいぜんえもん》である」

「なんですって」

狼狽《ろうばい》する宣太郎の耳に葛西の怒りを含んだ声が届いた。

「その方に鑑札を渡しておった南町奉行所定廻り同心西脇忠三《にしわきちゅうぞう》は、奉行所蹲《つくば》い同心に本日付で降格となった」

「なんですって」

「本来なればその方をこの場でお縄に致し、厳しい吟味を致すところじゃが、その方を白洲に引き出せば西脇は蹲い同心としてすら生きられぬ。金座裏の政次からの、これまでの常盤町の功績に免じて此度ばかりはお見逃しをとの嘆願も汲《く》んで、奉行根岸《ねぎし》様とも相談致し、命だけは助けてとらす。十手と鑑札は即刻返納致せ」

と厳命する声が響いて、葛西が屋根船から別の船に乗り移った。

屋根船がゆっくりと大川を下って行き、宣太郎の慟哭《どうこく》の声が洩れた。

「政次さん、すまない」

　とお夕紀の声が障子の向こうから響いた。

「お夕紀、今宵が江戸は最後、在所に戻りなさい」

「若親分、常盤町の親分に横取りされた金がなきゃあ、在所に戻っても暮らしが立たないよ」

「お夕紀、甘えるんじゃない。他人様《ひとさま》の財布に手を伸ばし、常盤町の脅しに乗って私を陥れようとした罪咎は未だ消えていませんよ。南町の葛西様は此度ばかりはお見逃しくださると仰しゃられたのです。そなたが罪を重ねるならば、いいですか、獄門台が待っていますからね」

　凛《りん》とした政次の声にお夕紀は返す言葉はなかった。

　彦四郎が船頭の屋根船は両国橋から薬研堀《やげんぼり》に下った辺りで横付けされた。そこは橋の常夜灯の光も届かず真っ暗だった。

「常盤町、十手と懐中物を残しておりなせえ」

　と政次の声が険しくも命じ、障子が開くと船着場の橋板に宣太郎がよろよろと這《は》い上がった。もはや常盤町の親分として威勢を張っていた面影はどこにもない。

「金座裏の」

と背を向けたまま言いかけた宣太郎の体がぶるぶると震えていたが、そのまま黙って石段を上がり、江戸の暗がりに姿を没しさせた。

屋根船はさらに大川を下り、佃島《つくだじま》を横目に鉄砲洲に着けられた。するとお夕紀がさばさばした様子で船着場に上がった。

政次は初めて障子を開くと、船中の炬燵の上に十手と縞《しま》の財布が置かれてあるのを見た。屋根船の障子がすべて開けられた。その様子をお夕紀が無言で見ていたが、

「ご免」

と詫びの言葉を口にした。

「在所に戻ったら屋台店でもいい、身に合った商いから生き直すのです」

「はい」

と腰を折って頭を下げるお夕紀に、政次が炬燵の上の財布を摑んだ。三、四両入っていそうな重さだった。

「お夕紀さん」

政次の声に頭を上げたお夕紀に、

「在所までの路銀です。残った金子で屋台くらい購《あがな》えましょう。額に汗して働きなされ」

と財布が投げられた。思わず飛んできた財布を両手で受け取ったお夕紀が、

「金座裏の若親分」

と洟らすと泣き出した。

「彦四郎、戻ろうか、首尾ノ松でお仲間の船頭が泡を食っているだろうからね」

と言いかけ、あいよ、と彦四郎の声が応じて屋根船の舳先が回された。

「若親分、あの女、まだ見送っているぜ」

彦四郎が石川島まで漕ぎ上がったとき政次に言ったが、政次は振り向こうともせず、

「気立ては悪くないようだがね、あの手癖を封じられるとよいが」

と洟らしたものだ。


昼前、箱根峠に十人の老若男女が立って、感に堪えた顔で芦ノ湖《あしのこ》の水面《みなも》に映る逆さ富士を眺めていた。

「おまえ様、わたしゃ、十年長生きしますよ。そして、何年か後にまたこの富士を見に自分の足で歩いて参りますよ」

松坂屋のおえいが自らに言い聞かせるように宣言した。

「おえい様、芦ノ湯からの健脚ぶりをみれば、必ずやこの湖面に映る富士に会えます

って」

と宗五郎が応じた。

「金座裏の、私は水に映る富士のお山より雲に聳《そび》える本物が断然いいね」

松六が八合目付近に棚引く白雲を身にまといつかせた富士山の淡麗な姿を愛《め》でる言葉を吐いた。

「おまえさん、贅沢《ぜいたく》な旅だね。本物のお山と湖に映る逆さ富士を一緒に楽しめるなんてさ」

おみつが嘆声する傍らではせっせとしほが絵筆を動かしていた。

「しほ、急ぐ旅でもねえ。今日じゅうに熱海に下ればいいことだ、腰を落ち着けて存分に旅の思い出を描きねえ」

と宗五郎が嫁に笑いかけた。

「お義父《と》っつあん」

「なんだい」

「人相描き、お役に立ちましたでしょうか」

「今朝の茶碗に茶柱が立ったよ。政次が手柄を立てたとの辻占《つじうら》だ」

「だといいのですが」

「おれの言うことが信じられないか、しほ」

「そうではございません。しほは幸せ過ぎてどう考えればいいか分からなくなっただけなのです」

「親分の辻占が当たったかどうか、江戸に帰れば直ぐ分かるさ、しほ姉ちゃん」

と小僧の庄太《しょうた》が口を挟み、

「親分、ご隠居さん方、富士山もいいけど山は飽きたよ。雪が降らないうちに熱海の湯に下りようよ」

と皆に願った。

「よし、十國峠《じっこく》に立ち寄りながら熱海峠に向かいますぜ。山道の登り下りだが、駿河《するが》湾から相模灘と海が楽しめますでな。庄太の勧めに従い、山から海へと下りの道中、さても皆様楽しみましょうぞ」

と芝居の声色《こわいろ》で宗五郎が一同に言いかけ、東海道に別れを告げて熱海への脇街道に入っていった。

「さあてお立ち会いの皆様方よ、幼馴染みの黒カラスの完公の風邪未だ治らず。この金座裏のむじな亭亮吉師が義侠心《ぎきょうしん》を出して、特別版の読売のご披露だ。御用とお急ぎのない方、また急用をお持ちの方もしばし足を止めて、聞いていってくんな。決して損はさせませんぞ」

と亮吉が大勢の人々を前にぐるりと視線を巡らした。

「なんだい、どぶ鼠。勿体ぶらずに早くやれ」

「五月蠅《うるさ》い、お喋り駕籠屋の繁三《しげぞう》め」

と怒鳴りつけた亮吉が息を整え、

「この世の中には表があって裏がある、光があって闇がある。陰陽は一にしてまた別物。いいかい、お立ち会い。先に闇の読売が金座裏の政次若親分が柳橋の芸者お夕紀と松坂屋の手代時代からの理《わり》ない仲とあおりにあおって読み物にしましたがな、あれは真っ赤な嘘。お夕紀という芸者は柳橋に確かにおりましたが、政次若親分は会ったことも話したこともないそうな」

「じゃあ、どうしてあんな読売が出たんだ」

「お喋り駕籠屋、よう聞いた。だれかとは言えねえ、金座裏の盛名ますます天を突く勢いに妬《ねた》んだ人間がいたんだよ。そいつが手癖の悪いお夕紀を脅しつけて、さもお夕紀とうちの若親分が訳ありのように装わせたヨタ話を作りあげ、闇の読売に書かせたってのが真相だ」

「だれだい、そいつは」

「聞かぬが花、言わぬが花よ。こんなことは以心伝心伝わってこようじゃないか」

「それじゃあ、読売になるめえ」

「よう言うた、お喋り」

「ちえっ、そればっかりだ」

「天知る地知るだれが知る。さすがに御城の公方様はなんでもご存じだね。先の凶盗酒江貞政一味をお縄にした金座裏の手柄によ、密《ひそ》かに若親分を吹上御庭に呼ばれて、お褒めの言葉を夢の中で下された」

「夢の中だと。それじゃ真実《まこと》かどうかわからない話じゃないか」

「よう言うた、繁三」

「ちえっ、名を呼び捨てか」

「金座裏に代々伝わる金流しの十手の由来を承知だな」

「あた棒よ、江戸っ子ならだれも承知だ」

「そうかえ、そうかえ。九代目宗五郎親分が湯治から江戸に戻られて金流しの十手を背に粋に差し落とされたところに行き合ったおまえさん方、いいかえ、金流しに紫房が付いていたら、夢は真よ。公方様が金流しの十手に箔《はく》を付けられたと思いねえ。この話が書いてある読売だ、買ったり買ったり」

と亮吉の声が賑やかな日本橋に響き、

「私に頂戴な」

「おれが先だ」

と競い合う客の声が晴れ渡った冬空に広がっていった。

本書は、ハルキ文庫（時代小説文庫）の書き下ろしです。

時代小説文庫
さ 8-33

紫《むらさき》房《ぶさ》の十《じっ》手《て》 鎌《かま》倉《くら》河《が》岸《し》捕《とり》物《もの》控《ひかえ》〈十七《じゅうなな》の巻《まき》〉

著者 佐《さ》伯《えき》泰《やす》英《ひで》

2010年7月18日第一刷発行

発行者 角川春樹

発行所 株式会社 角川春樹事務所
〒101-0051 東京都千代田区神田神保町3-27 二葉第1ビル

電話 03(3263)5247[編集] 03(3263)5881[営業]

印刷・製本 中央精版印刷株式会社

フォーマット・デザイン＆シンボルマーク 芦澤泰偉

ISBN978-4-7584-3487-4 C0193
http://www.kadokawaharuki.co.jp/[営業]
fanmail@kadokawaharuki.co.jp[編集] ご意見・ご感想をお寄せください。